Impressum:

Deutsche Originalausgabe

Alle Rechte vorbehalten

Herstellung und Verlag:
BoD - Books on Demand
In de Tarpen 32, 22848 Norderstedt
www.bod.de

Copyright (Bild/Text): Wolfgang Hiller
ISBN:

9783 - 744 - 831 - 239
Nationaler und Internationaler Vertrieb:
Books on Demand GmbH

Deutsche Erstauflage: Oktober 2017

Marc Palmer

Mörder im Buddhisten-Camp

THRILLER

Zum Autor:

„Marc Palmer" ist das Pseudonym eines Allgäuer Autors. Er hat in den letzten fünf Jahren, drei Wanderbücher und mehrere Krimis veröffentlicht. „Mörder im Buddhisten-Camp" ist sein aktuellster Thriller. Für 2018 sind zwei weitere Neuerscheinungen geplant.

Weitere verfügbare Titel der „Peter-Kelly-Reihe":

Teufel im Kopf, Zürich außer Kontrolle, Mörderdorf.

Wanderführer:

Zauberhafte Bergseen (1 + 2), Barfuss durch das Allgäu, Magische Moore.

Vorwort zum Roman:

Die Geschichte ist fiktiv und frei erfunden. Die Schauplätze und das jährliche Buddhisten-Treffen in Immenstadt, gibt es seit 2007 jedoch wirklich. Auch einige der benannten Personen existieren. Als Autor war ich natürlich einige Male im Europe-Center, deshalb bekam ich auch Einblicke in die Welt der Buddhisten.

PROLOG

Die Zusammenkunft vieler Menschen ist eine ganz gewöhnliche Sache. Es wird gelacht, gefeiert, getrunken und gegessen. Man vergnügt sich, ist ausgelassen, und vergisst oft seine Probleme und Alltagssorgen. Eine Geschichte, die einem vielleicht erklärt, was geschieht, wenn eine solche Zusammenkunft aus dem Ruder gerät, lesen Sie hier. Denn manche große Veranstaltungen enden auch in Tragödien, so wie auch diese Geschichte hier.

Auge in Auge, nur fünf Meter Distanz dazwischen, standen wir uns gegenüber. Weit entfernt, würden uns viele in unserer Kluft, für Wanderer oder stinknormale Touristen halten, wenn nicht einer von uns beiden, ein zwanzig Zentimeter langes Steakmesser in den Händen halten und den anderen damit bedrohen würde. Mein Gegenüber hielt dieses Messer in seiner rechten Hand und sah mich dabei spöttisch an. Auch ohne das Messer in seinen Händen, hätte ich gegenwärtig keine Chance gegen ihn, denn in meinen Blutbahnen befand sich LSD, das sich immer mehr in meinem Körper ausbreitete. LSD ist ein Rauschgift, das nicht nur Bewusstseinsstörungen hervorruft, sondern den Konsument auch lahm und schwerfällig macht. Je nach Dosierung, kann es zu üblen Lähmungserscheinungen, Sehstörungen und starken Schwindel führen. Mein Gegenüber wusste das natürlich, schließlich hatte er schon einigen – gewaltsam –

diese Droge verabreicht. In meinem Stadium konnte ich zwar noch aufrecht stehen, gut hören und sehen, hatte aber immer weniger Kraft, und meine Bewegungsabläufe wurden von Minute zu Minute immer schwerfälliger.

Wir standen an einem steinigen Ufer, keine vierzig Meter von einem imposanten Wasserfall entfernt. Das Schlimme jedoch war nicht der Wasserfall, dessen donnerndes Wasser dreißig Meter in die Tiefe fiel, sondern das grünblaue Becken, das das Wasser auffing. Es wurde gemutmaßt, das in diesem Becken, das vielleicht zweimal so groß war wie ein Hotel-Hallenbad, in den letzten siebzig Jahren, etwa 120 Menschen das Leben gekostet hat. Das Becken, das sehr unscheinbar wirkt, entwickelt nämlich einen mörderischen Strudel, dessen Kraft und Sog, schon die besten und stärksten Schwimmer bezwang. Neunzig Prozent der ertrunkenen Schwimmer oder Wagemutigen, die sich in dieses Becken trauten, wurden nie wieder gefunden, nicht einmal von professionellen Tauchern.

Dann erklang die höhnische Stimme, die mir den letzten Lebensmut raubte: „Du hast nur zwei Möglichkeiten; entweder du gehst freiwillig ins Wasser oder mit einem Messerstich im Bauch! Letzteres ist deutlich qualvoller. Für welche Variante entscheidest du dich?"

1

6 Tage zuvor. Innsbruck (Österreich), 31. Juli 2017

Montagmorgen, kurz vor neun Uhr. Strahlendblauer Himmel über Innsbruck, windstill und 25 Grad warm.

Es klingelte. Hastig verzurrte Markus Pröll sein 2-Mann-Zelt mit einem breiten Träger an der Oberseite seines riesigen Rucksacks, das 10-Kilo-Teil musste schließlich halten bis zur Ankunft in Immenstadt.

„Beeil dich", meinte Katja, seine Freundin, „das sind Silvana und Andy."

„Die sind aber auch übertrieben pünktlich, wir brauchen doch keine Stunde bis wir am Bahnhof sind", erwiderte Markus und wuchtete sich den Rucksack über die Schultern. Der Inhalt und das Zeltgewicht lagen bestimmt bei über 18 Kilogramm.

„Du weißt doch, Markus. Silvana geht immer auf Nummer sicher, die rechnet immer mit dem Schlimmsten, sogar mit einem Stau auf den drei Kilometern bis zum Bahnhof."

Markus und Katja waren seit vier Jahren zusammen. Sie waren im gleichen Alter und sportliche, dynamische Typen. Kennengelernt hatten sie sich bei einem Buddhistentreffen in Immenstadt, auf dem Gut Hochreute. Seitdem waren sie ein Herz und eine Seele, und bezogen am Stadtrand vor zweieinhalb Jahren eine gemeinsame Dreizimmerwohnung. Sie befand sich in einem schicken Kleinparteienhaus im 2.

OG. Von ihrem Balkon aus, sahen sie über die prächtige Altstadt, der fünftgrößten österreichischen Stadt, mit dem berühmten „Goldenen Dach".

Beide waren von der Religion so angetan, das sie auch ihre besten Freunde, Silvana und Andy, für diese Art der „Religionsgemeinschaft" begeistern konnten. Jedes Jahr Ende Juli, waren sie gemeinsam unterwegs, um oberhalb des Großen Alpsees bei Immenstadt-Bühl, 14 Tage zu campen und Freunde aus aller Welt zu treffen. Es war ein Seminar- und Veranstaltungsort, an dem sich Menschen vieler Nationen begegneten, ihr Wissen über den Buddhismus vertieften und gemeinsam mit Gleichgesinnten meditierten. Das „Gut Hochreute" war seit zehn Jahren der Europäische Sitz der Buddhisten, genauer gesagt, des westlichen Diamantweg-Buddhismus.

„Okay, ich hab`s, wir können gehen", meinte Markus, und sah sich ein letztes Mal um. Auch seine Freundin hatte einen Rucksack auf dem Rücken, der aber nur halb so groß wie seiner war, obwohl eigentlich Frauen in der Regel immer mehr benötigten. Aber aus Rücksicht und Liebe, hatte er drei Paar ihrer Schuhe noch in seinen größeren Rucksack hineingepresst. Katja sperrte ab, während Markus schon die Stufen im Treppenhaus hinuntersprang. Unten am Hauseingang warf sie den Schlüssel in den Briefkasten ihrer Nachbarin, Monika Moser, die sehr zuverlässig war, und sich während ihrer Abwesenheit um die Post und Blumen kümmern würde.

Im schwarzen 3er-BMW, saß Alex, der jüngere Bruder von Andy, der dem Buddhismus überhaupt nichts abgewinnen konnte, und die beiden nur mit hochgehobener Hand begrüßte. Die anderen beiden standen schon, und fielen Katja und Markus gleich innig um den Hals, was Alex noch mehr zum Schmunzeln brachte. Die vier Buddhisten-Anhänger waren nahezu gleich alt, alle Neunundzwanzig, nur Markus hatte seit vier Monaten schon den Dreißigsten erreicht.

Als die Rucksäcke im Kofferraum verstaut waren, alle saßen und angeschnallt waren, fuhr Alex mit leicht quietschenden Reifen zügig los. Dreihundert Meter weiter stand er schon im zähflüssigen Verkehr, da Innsbruck, wie viele andere Städte im Sommer auch, die ramponierten Straßenbeläge auf Vordermann brachte.

„Siehst du, Markus", meinte Silvana, „jetzt weißt du, warum wir so zeitig gekommen sind. Innsbruck ist mittlerweile genauso im Bauwahn wie Wien, da bist du fast noch mit dem Rad am schnellsten im Zentrum. Aber mit unseren schweren Rucksäcken, ist es alles andere als ein Vergnügen zu radeln."

„Du hast du recht", gab Markus kleinlaut bei. „Wann fährt denn der Zug ab?"

„9.52 Uhr, auf Gleis 11", erwiderte Silvana.

„Und wann kommen wir in Immenstadt an?"

„15.17 Uhr. Wir haben leider einen einstündigen Aufenthalt in Lindau, sonst wären wir deutlich schneller. In Immenstadt laufen wir dann zum Viehmarktplatz, dort stehen die Shuttle-Busse zum Europe-Center bereit. Schätze mal, wir sind circa gegen 16 Uhr oben auf dem Gelände."

Sie sagte deshalb „oben", weil das Gut Hochreute, auf 860 Metern Höhe, auf einer kleinen Anhöhe lag, oberhalb des

700 Meter hoch gelegenen Großen Alpsees.

„Passt ja", meinte Markus. „Bis wir das Zelt aufgebaut und uns frischgemacht haben, schaffen wir den Vortrag von Lama Ole Nydahl noch locker. Der beginnt erst um 20 Uhr."

„Ja, da können wir vielleicht sogar noch kurz in den See springen. Wer weiß, wie lange das tolle Wetter noch anhält?", raunte Silvana. „Letztes Jahr waren, zehn der vierzehn Tage kühl und verregnet."

Lama Ole Nydahl war eines der bekanntesten Gesichter des Buddhismus. Er und seine Frau Hannah, waren die ersten westlichen Schüler des 16. Karmapa, die von ihm beauftragt wurden den Buddhismus im Westen zu lehren. Seit dem 12. Jahrhundert sind die „Karmapas" das Oberhaupt der Karma Kagyü Linie und verantwortlich für den Fortbestand dieser Übertragungslinie. Der 16. Karmapa, der Tibet 1959 aufgrund der chinesischen Annektierung seines Landes verlassen musste, sicherte das Weiterbestehen der Karma Kagyü Linie. Mit Hilfe seiner westlichen Schüler brachte er das Wissen über die Natur des Geistes in die moderne Welt.

Ole Nydahl und seine Frau lehren Weg und Ziel des Diamantweg-Buddhismus. Lama Ole Nydahl ist mit zehntausenden Schülern in aller Welt, der wohl bekannteste westliche buddhistische Lehrer. Er hat seit 1972 weltweit circa 600 Buddhistische Zentren gegründet. Heute lehren in seinem Auftrag über 100 seiner Schüler den Diamantweg-Buddhismus rund um die Welt. Er war auch die treibende Kraft bei der Suche nach einem „Europe Center". Nach über 10 Jahren Suche wurde die Buddhismus Stiftung Diamantweg im Mai 2007 in Immenstadt mit dem Gut Hochreute fündig.

Zum Gut gehören über 40 Hektar Land, die zum Teil verpachtet und land- und fortwirtschaftlich genutzt werden. Das Gelände befindet sich über 850 Metern Höhe in einem Landschaftsschutzgebiet oberhalb des beliebten Alpsees, der sowohl für Einheimische wie Touristen ein hochattraktives Ziel ist. Der Große Alpsee ist mit 247 Hektar Wasserfläche und 8 Kilometer Uferlänge der größte Natursee des Landkreises Oberallgäu. Der See ist Eigentum des Freistaates Bayern.

Der zähflüssige Verkehr In Innsbrucks Innenstadt lockerte sich, sodass die fünf kurz vor neun Uhr dreißig am Hauptbahnhof eintrafen. Alex half ihnen noch die Gepäckstücke aus dem Kofferraum zu hieven, dann schlenderten die vier gutgelaunt zu den Gleisen. Silvana hatte vorsorglich in dem IC-Zug ihre Plätze bis Lindau reserviert. Am Bahnhof herrschte lebhaftes Treiben, kein Wunder, seit drei Tagen hatten die Sommerferien begonnen. Alles wirkte friedlich und harmonisch. Sie stiegen in ihr Abteil und waren in Gedanken schon bei ihrem Aufenthalt im Buddhisten-Camp.

Wie hätten sie auch ahnen können, dass der Aufenthalt im Allgäu, ein Trip in die Hölle wurde.

2

Ich, Paul Glaser, sitze zitternd im Gerichtsaal in Kempten. Meine Achseln sind schweißnass, während ich unruhig meine feuchte Hände knete. In wenigen Minuten wird das Urteil des Richters Lauterbach mit Hochspannung erwartet. Es geht aber nicht um mich, – ich sitze nicht auf der Anklagebank – es wird über meinen Freund, Peter Kelly, geurteilt, der mit starrer Miene den Richter beäugt, wie eine Katze, die auf Beutefang geht.

Peter sitzt seit sechzehn Monaten in Untersuchungshaft. Der Vorwurf: Anklage wegen zehnfachen Mordes! Unglaublich aber wahr, doch dazu später mehr. Ich war nicht nur als Beobachter hier, sondern wurde auch als Zeuge geladen. Schließlich hatten wir als beste Freunde sehr viel miteinander unternommen, aber das Wichtigste war: ich hab auch für ihn wie ein Detektiv geschnüffelt! Meine Recherchen führten mich bis in die Schweiz und nach Rom, doch ich wurde nach dem von Peter benannten „Drahtzieher des Komplotts", - eines gewissen Walter Pickert - nicht fündig. Stattdessen zog ich mir einige (leichtere) Blessuren zu, als ich (ungewollt) jemand anders helfen wollte. Tja, und nun saß ich hier und verfolgte das Geschehen. Zum Zeitpunkt meiner damaligen „Ermittlungen", war ich noch einfacher Sportartikelverkäufer, der nur unbezahlt im Urlaub war. Mittlerweile habe ich tatsächlich meinen Job an den Nagel gehängt und bin Privatdetektiv geworden, mit Lizenz, Gewerbe, und allem was so dazu gehört. Sogar ein eigenes

Büro habe ich mit Namenschild (gut, es ist in meiner Wohnnung), aber jeder fängt schließlich mal klein an. Manche fragen sich, wie ich mich finanziell so über Wasser halten kann, aber Peter Kelly hat mich – während er im Knast saß – fürstlich während „meines Auftrages" bezahlt. Eine Angelegenheit, die ich dem Gericht gegenüber im Zeugenstand verschwiegen habe. Alles braucht die Justiz schließlich auch nicht zu wissen, Peter muss nach seinem - hoffentlich - baldigen Freispruch, ja auch von etwas leben. Die Entschädigungssummen für zu Unrecht Inhaftierte, sind meistens lächerlich. Und ein Teil des Auftrages war es, ein Versteck mit einer beträchtlichen Summe an Bargeld, unweit seines ehemaligen Anwesens bei Isny, ausfindig zu machen, was eine der leichteren Übungen während meiner Recherchen war. Kelly hatte nämlich vor seiner Verhaftung besser verdient, als so manch populäre Schauspieler in den Staaten, hatte er doch einen Besteller gelandet, der sich weltweit über sechs Millionenmal verkauft hatte. Da blieb natürlich einiges hängen, und die Polizei rätselte immer noch, wo der Großteil seiner Honorare geblieben war.

Der Richter, sowie die Damen und Herren links und rechts von ihm, standen langsam auf. Richter Lauterbach nahm mit seiner linken Hand eine Akte in die Hand, und sah dann geradeaus in den Saal. Ungefähr einhundert Personen befanden sich in dem Gerichtssaal, nur geladene Gäste und vermeintliche Zeugen, die vorher akribisch geprüft worden waren.

„Im Namen des Volkes, ergeht folgendes Urteil: Peter Kelly, geboren am 29.10.1979, wird von allen Anklagepunkten – aus Mangel an Beweisen – freigesprochen! Hier die Urteils-

Begründung."

Ein Raunen ging durch den Saal, sicherlich hatten alle mit dem Gegenteil gerechnet, nur ich nicht. Schließlich war mir sonnenklar, dass die Beweislage gegen meinen Freund sehr dünn war. Faktisch gab es gar keine hieb- und stichfesten Beweise, demzufolge konnte man ihn auch nicht verurteilen. Dass die Trottel hier im Saal oder sonst wo, das nicht verstanden, war mir schleierhaft. Wie heißt es immer so schön: Im Zweifel für den Angeklagten.

Peter nahm – ohne mit der Wimper zu zucken – das Urteil zur Kenntnis, wahrscheinlich hatte er noch gar nicht richtig begriffen, dass er endlich wieder frei war. Womöglich hatten ihn die ganzen Strapazen seelisch extrem mitgenommen. Vielleicht würde er eine Therapie im Anschluss benötigen, um das alles richtig verarbeiten zu können. Er drehte den Kopf in meine Richtung, ich hob den Daumen hoch für „unseren Sieg". Ein Anflug eines Lächelns war in seinem Gesicht erkennbar. Das Gefasel des Richters, im Anschluß des Urteils, nahm er wahrscheinlich genauso wenig zur Kenntnis wie ich, dann war die Verhandlung endlich zu Ende.

Ich schritt zu ihm, sein Anwalt schüttelte ihm die Hand und nickte mir zu. Dann trat ich an ihn heran, er fiel mir freudestrahlend um den Hals.

„Jetzt beginnt ein neues Leben, Peter", sagte ich, als er seine Umarmung wieder löste. Aber zuerst mussten wir durch die Heerscharen von Medienleuten, die vor dem Saal lauerten wie die Hyänen. Diese ganze Bagage hatte ihn schon seit Monaten vorverurteilt, weil kein anderer Verdächtiger gefunden worden war.

Wir liefen langsam zum Ausgang, aus den Augenwinkeln sah ich die beiden Kommissare, die ihn monatelang verfolgt hatten. Ihre Blicke waren hasserfüllt. Es war für sie eine Riesenschlappe, weil sie sich so sicher gefühlt hatten mit der Wahl ihres verdächtigen „Kandidaten". Dann traten wir ins Blitzlichtgewitter von Dutzenden von Fotografen und Kameraleuten, die wie die Geier vor den Türen gelauert hatten. An den Aufschriften auf ihren Mikrophonen erkannte ich die ganzen Rundfunk- und Fernsehanstalten. Weltweit waren sie angereist, nicht nur in Deutschland hatte die „Akte Peter Kelly" für Schlagzeilen gesorgt. Wir drängten die Journalisten zur Seite, und bahnten uns wie bei einem Spießrutenlauf unseren Weg. Mein Auto stand hinter der Residenz, in der Nähe der Bücherei, wahrscheinlich würden sie uns auch dorthin verfolgen. Deshalb schlug ich Peter flüsternd vor, ein Taxi zu nehmen. Mit diesem würden wir eine kleine Stadtrundfahrt machen, viermal im Kreis fahren, bis wir - hoffentlich - alle Verfolger abgeschüttelt hatten.

Peter nickte, wir hetzten ins nächstgelegene Fahrzeug, das an der „Gaststätte zum Stift" stand. Ich zeigte dem Fahrer nur die Richtung geradeaus, wir würden dann einfach weitersehen, sagte ich ihm. Er nickte nur und schaltete seinen Gebührenzähler ein. Nach einer Viertelstunde Irrfahrt, lotste ich den Fahrer zu meinem Audi A3, der einsam und verlassen hinter dem Bücherei-Gebäude stand. Es war jetzt 13 Uhr und die Sonne knallte wolkenlos auf unsere Häupter hinunter. Mein Poloshirt war schweißnass, trotz des klimatisierten Taxis zuvor. Es waren um die 35 Grad die uns zu schaffen machten. Gott sei Dank hatte ich im Auto immer zwei- bis drei zusätzliche Wechselshirts bei solchen Hitzetagen dabei. Ich öffnete mein Fahrzeug und holte die Shirts hervor die auf meiner Rücksitzbank lagen. Ein orangefarbenes Poloshirt reichte ich meinem Freund. „Hier, Peter. Zieh es an, wir haben ja die gleiche Größe."

Er nickte nur und zog es über, sein weißes Hemd schmiss er auf die Rücksitzbank. Wir waren beide knapp eins dreiundneunzig und hatten annähernd die gleiche Figur. Im Knast hatte Peter aber deutlich abgenommen, wahrscheinlich wog er keine neunzig Kilo mehr wie zuvor, höchstens achtzig, wenn überhaupt. Das Shirt flatterte über seinen Oberkörper, in der Nähe seines Bauchnabels fiel mir eine Narbe auf, die ich noch nie zuvor bei ihm gesehen hatte. Vielleicht wurde er in der Haft misshandelt, oder er hatte sie sich selbst zugefügt? Ich fragte ihn nicht danach, das war jetzt alles andere als bedeutend.

„Sollen wir zu mir fahren, Peter? Du kannst natürlich vorerst bei mir schlafen, oder willst du lieber zu deinem Haus nach Isny fahren?" Dort wohnte seit anderthalb Jahren niemand mehr.

Lächelnd sah er mich an und meinte: „Lass uns an den Niedersonthofener See fahren, ich lade dich zum Essen ein. Dann erzähl ich dir, was ich die nächsten Tage so alles vor habe, eine kleine Planung hab ich nämlich schon.

Ich sah ihn überrascht an, davon hatte er mir nichts erzählt in den letzten Wochen und Monaten. Wahrscheinlich kam ihm eben erst diese spontane Idee, Peter war eben immer wieder für eine Überraschung gut.

„Okay, wie du möchtest, ich hab heut eh nichts mehr zu

tun", murmelte ich.

Dann stiegen wir ein und ich fuhr los. „Zum Geratser Hof, oder auf die andere Seite, zum Seehof bei Oberdorf?"

„Geratser Hof, da sind nicht die ganzen Badegäste, und das Cafe ist netter mit der fantastischen Aussicht", antwortete er, während er aus dem Fenster sah, als suche er einen Verfolger. „Glaubst du, jemand von der Medienmeute verfolgt uns, Paul?"

„Möglich wär`s. Wenn wir Kempten verlassen haben, fällt es mir eher auf, Peter. Auf der Straße Richtung Niedersonthofen sind nicht so viele unterwegs wie auf der B19. Aber spätestens am Cafe werden wir es sicher merken, falls uns jemand zu lästig werden sollte."

Bis Gerats sagte keiner mehr was von uns. Ich sah beständig in den Rückspiegel, aber kein auffälliges Fahrzeug war auszumachen, nur zwei Motorradfahrer überholten mich knatternd.

Der Weiler „Gerats" besteht nur aus wenigen Häusern, eines davon gehört der Familie Ritter, die dort seit dreißig Jahren ein Landhotel betreibt. Als zusätzliche Einnahmequelle hatten sie vor fünfzehn Jahren ein öffentliches Cafe dazu eröffnet, wahrscheinlich weil die Buchungsquote der Übernachtungsgäste nach unten ging. Das Cafe – mit kleiner Speisekarte – war vor allem zwischen Mai und Oktober ständig gut besucht, schließlich war der See auch ein beliebtes Ausflugsziel, nicht nur bei Touristen. Außerdem waren das Essen und die Getränke, in einem sehr günstigen Preisrahmen, was der Qualität aber nicht schadete, denn der Ruf des Lokals war exzellent. Ich saß dort – mit und ohne Peter – schon häufig. Manchmal fuhr ich nur mit dem Mountainbike dort hin, danach sprang ich häufig noch ins Wasser des Sees, der meistens schon ab Mitte Mai akzeptable Wassertemperaturen vorzuweisen hatte, und nur dreihundert Meter vom Cafe entfernt lag. Die einfache Strecke von Kempten nach Gerats beträgt elf Kilometer.

Auf der Terrasse des Cafes saßen zehn Leute, keiner nahm von uns Notiz, wahrscheinlich alles Urlauber. Allerdings trugen wir jetzt beide eine dunkle Sonnenbrille, Peter sogar noch eine Baseballmütze, die er in meinem Wagen liegen sah, schließlich braucht man als Detektiv immer genügend „Tarnkleidung". Nachdem wir eine Grillplatte mit Weißbier bestellt hatten, fragte ich ihn: „Peter, lass es raus. Was hast du jetzt vor, das du es bis jetzt geheim gehalten hast? Willst du wieder ein Buch schreiben?"

„Wäre keine schlechte Idee, aber es ist ganz was anderes. Ich muss jetzt erstmal was für meinen Körper, Geist und Seele machen", erwiderte er süffisant.

„Klingt gut. Und weiter? Willst du mit Yoga oder Pilates anfangen", fragte ich stirnrunzelnd.

Die Bedienung brachte unsere Getränke und wir stießen an. Nach einem langen Zug, indem er die Hälfte seines Glas leerte, meinte er: „Sowas ähnliches, es geht aber mehr in Richtung Religion."

„Jetzt sag aber nicht, dass du wieder der Kirche beitrittst?" Ich wusste, dass er seit fast zwanzig Jahren konfessionslos war.

Die rundliche Bedienung brachte uns zwei kleine Salatteller.

Er stocherte mit seiner Gabel im Teller, nahm einen Bissen und fuhr fort: „Schon mal was von „Gut Hochreute" gehört, Paul? Liegt in der Nähe des Großen Alpsees bei Immenstadt."

Obwohl ich kein gebürtiger Oberallgäuer war, kannte ich natürlich den beliebten See und auch Gut Hochreute. Es stand seit Wochen in der Zeitung, dass dort das 10. Treffen des Diamant-Weg-Buddhismus im Sommercamp stattfand. „Jetzt sag aber bloß nicht, du willst Buddhist werden?"

„Warum nicht? Eine sehr friedfertige, gute Religion. Heut Abend ist dort ein Vortrag mit dem Gründer des Europe-Center. Ein Mann namens Lama Ole Nydahl."

Ich konnte es kaum glauben, obwohl die Veranstaltung bestimmt ganz gut für ihn war. Etwas meditieren und den Glauben an eine bessere Welt gewinnen, war vielleicht eine prima Idee für seine Psyche und Wohlbefinden. „Und wie kommst du hin? Soll ich dich zum Gut fahren?"

„Nicht nötig, Paul. Im Anschluss des Essens kannst du mich in Oberdorf am Bahnhof absetzen. Stündlich fährt der Regio-Zug nach Immenstadt. Ich nehm den nächsten und lauf dann vom Bahnhof in Immenstadt Richtung Alpsee. Eventuell nehme ich den Shuttle-Service ab dem Viehmarktplatz in Anspruch, der verkehrt ab 15 Uhr im 30-Minutentakt, weil heut die meisten Camp-Teilnehmer eintreffen."

„Du hast dich ja richtig gut informiert", stellte ich fest.

„Klar, auch im Knast gab`s Zeitungen und Fernseher, sogar einen Internet-Raum."

„Was ist mit deinem Haus in Isny? Wohnt da jetzt jemand

drin?"

„Das war bis dato versiegelt, aber ich kann natürlich jederzeit wieder rein. Während meiner Abwesenheit hat sich niemand drum gekümmert, nicht mal meine Eltern in Biberach."

„Was ist mit deiner Tochter Sophie? Ihr habt euch doch auch schon anderthalb Jahre nicht mehr gesehen?"

„Sie will mich nicht mehr sehen, Paul!"

„Was? Ihr habt euch doch immer heiß und innig geliebt?" Ich konnte es nicht fassen. Seit dem Tod von Peters Frau – kurz nach Sophies Geburt – waren die beiden ein eingeschworenes Team gewesen.

„Sie wurde von meinen Eltern manipuliert, seitdem gibt es keinen Kontakt mehr. Sie haben mich auch für einen Mörder gehalten, das werde ich ihnen nie wieder vergessen. Vielleicht versteht sie in ein paar Jahren, dass ihr Vater ein guter Mensch war."

Verbitterung klang in seiner Stimme und auch eine gehörige Portion Wut. Sogar in seiner Hand vermochte ich ein Zittern zu erkennen, als er die Gabel mit einem dicken Fleischstück zum Mund führte. Dann stellte er mir eine unerwartete Frage: „Paul, wir sind doch die besten Freunde, und du hast immer viel für mich getan. Würdest du mir noch einen letzten Gefallen erfüllen, wenn es mich mal nicht mehr gibt, falls du mich quasi überleben solltest?"

Mir blieb eine Pommes im Hals stecken, und ich musste kurz würgen um sie wieder nach oben zu bringen. Als ich wieder eine freie Luftröhre hatte, flüsterte ich so leise, dass es bestimmt niemand an den anderen Tischen hören konnte: „Peter, was redest du denn da? Du bist eben erst entlassen worden! Du bist ein vogelfreier Mann, du hast immer noch genügend Kohle, um ohne Arbeit ein paar Jahre über die Runden zu kommen. Und das mit Sophie, wird sich auch wieder einrenken, da bin ich mir absolut sicher. Was hegst du bloß für trübselige Gedanken, und das auch noch in Anbetracht deines bevorstehenden Buddhisten-Treffens? „Wird Zeit, dass die dich wieder zum Optimisten machen. Junge, du bist noch nicht einmal vierzig. Du kannst nochmal ganz von vorne anfangen, vielleicht triffst du auf Gut Hochreute auch eine tolle Frau."

Zwei Minuten wo er nichts sagte. Beide aßen wir langsam schweigend weiter, aber ich spürte, dass ihm dieser „Gefallen" sehr wichtig war, also fragte ich: „Okay, was ist das für einen Gefallen, den ich für dich tun kann, falls dir was passieren sollte, was ich aber nicht hoffe."

Er sah mir tief in die Augen: „Sophie ist erst in sieben Jahren volljährig. Wenn ich in den nächsten sieben Jahren sterben sollte, möchte ich, dass du dich um sie kümmerst, als wärst du ihr Vater! Sie hat dich immer sehr gemocht, das wird auch weiter so bleiben, trotz meiner beschissenen Eltern."

„Verdammt, dir passiert schon …"

„Versprichst du es mir, Paul?"

„Ja, okay, aber…?"

„Nichts aber. Ob du`s glaubst oder nicht, aber ich konnte auch im Knast ein Testament verfassen, du weißt, ich hab

21

noch Kohle im siebenstelligen Bereich. Sollte ich vor Sophies Volljährigkeit sterben, bekommst du siebzig Prozent meiner Kohle, Sophie die anderen dreißig. Nach ihrer Volljährigkeit ist das Verhältnis umgedreht, du siehst, ich denke an alles."

Ich war fassungslos, andererseits waren seine Gedanken auch wieder nicht so pessimistisch wie sie sich anhörten. Schließlich konnte jeder von uns schlagartig sterben. Ich dachte dabei an den neuen Oberbürgermeister von Memmingen, der im März sein neues Amt antrat und keinen Monat später tot war. Herzinfarkt, während des Fahrradfahrens! Der Mann galt als topfit und sportlich, aber trotzdem hat es ihn verwischt, und das mit noch nicht einmal Mitte vierzig. „Okay, versprochen, Peter. Wenn dir wirklich was passieren sollte, kümmere ich mich um Sophie."

„Ehrenwort?"

„Ehrenwort, Peter, so wahr ich hier sitze. Ich schwöre es."

Bei der Aussage war mir trotzdem mulmig, hoffentlich war mein Versprechen kein schlechtes Omen für sein weiteres Leben.

3

Lindau (Bayern) 14.18 Uhr, Hauptbahnhof

Die Fahrt von Innsbruck über die sehenswerte Arlberg-Strecke bis nach Lindau verlief ohne Zwischenfälle. Obwohl die Strecke nach Lindau keine 250 Kilometer beträgt, dauert die Fahrt mit über vier Stunden relativ lang. Das liegt daran, dass der Zug ungewöhnlich viele Steigungen und häufig Kurve meistern muss, was natürlich das Tempo drückt. Vor gut 120 Jahren war es eine technische Meisterleistung gewesen, diesen anspruchsvollen Trassenverlauf zu realisieren, ähnlich wie beim Gotthardtunnel. Es bedurfte Dutzender von Sprengungen, um zahlreiche gebirgige Hindernisse zu beseitigen damit die Schienen auch gelegt werden konnten. Ansonsten wäre das westlichste Bundesland Österreichs, Vorarlberg, vom Rest der Republik abgeschnitten gewesen, zumindest, was den Bahnverkehr betraf.

Am Bahnhof Lindau stiegen die vier Innsbrucker bei sengender Hitze und wolkenlosem Himmel aus dem Zug.

„Lasst uns an der Promenade in eine Eisdiele gehen", schlug Silvana den anderen vor. Alle nickten sofort zustimmend. Silvana war eine rassige Halb-Italienerin mit österreichischer Mutter, die überall die Blicke auf sich zog. Sie war für eine südländische Frau, mit fast eins achtzig, ziemlich groß, und auf Augenhöhe mit ihrem Freund Andy.

Vom Eingang des Hauptbahnhofes waren es keine hundert Meter, bis sie an der prächtigen Promenade standen und den imposanten „bayerischen Löwen" bestaunen konnten, der als Wahrzeichen der Bodensee-Stadt, unmittelbar vor der Hafeneinfahrt thronte.

An der Promenade herrschte reges Treiben von Besuchern aus vielen Nationen. Vor allem zwischen Mai - und Oktober war die Inselstadt äußerst beliebt bei hunderttausenden von Gästen. Sie steuerten das nächstgelegenste Eiscafe an, und stellten die Rucksäcke auf dem Boden ab. Als sie die Eiskarte studierten, legte eines der vielen Schiffe am Hafen an, die Rundfahrten auch zur gegenüberliegenden Stadt Bregenz ermöglichten, wo zurzeit die Festspiele mit der Aufführung „Carmen" auf der größten Seebühne der Welt stattfand.

„Bestellt für mich einen Erdbeerbecher", sagte auf einmal Andy, „ich hol mir schnell da drüben am Kiosk eine Zeitung."

Als er zurückkam mit der Lindauer Zeitung, standen schon zwei Erdbeerbecher und zwei Bananensplit, schön drapiert mit einem Fähnchen auf dem Tisch.

„Willst du dich informieren, was es Neues hier in der Region gibt?", fragte Katja, nachdem sie die erste Kugel gekostet hatte.

„Mit ist schon vorher was ins Auge gefallen, als wir am Bahnhofskiosk vorbeiliefen, nur waren mir da zu viele Leute an der Kasse", erwiderte Andy.

„Was hast du denn Interessantes entdeckt?"

„Schaut mal her." Er hob den unteren Teil der ersten Seite hoch, sodass es alle sehen konnten.

„Ehrenamtliche Helfer beim Zeltbau erschlagen!"

- Immenstadt, 30.7.2017 -

Während des Aufbaus für den anstehenden Buddhisten-Treff, am Montag, den 31. Juli, wurden drei der vierzig Helfer, von zwei zusammenbrechenden Masten erschlagen, als ein starker Orkan aufkam und mit Windstärke acht über das Gelände fegte. Jede Hilfe kam für sie zu spät. Sieben weitere Helfer wurden verletzt, drei davon schwer. Zahlreiche Rettungsdienste und die Immenstädter Feuerwehr waren im Einsatz, da kurz darauf noch ein heftiger Starkregen einsetzte, der die Bergung und die weiteren Aufbauarbeiten massiv beeinträchtigte.

„Um Gotteswillen!", stieß Katja bestürzt hervor, „das ist ja grauenvoll. Ein Wunder, dass das Ganze überhaupt noch stattfindet. Die armen Angehörigen werden die Veranstaltung jetzt bestimmt verfluchen."

„Wahrscheinlich sind die großen Zelte noch gar nicht aufgebaut bis zu unserer Ankunft", meinte auch Andy bedrückt."

Bei dem 14-tägigen Treffen schliefen zwar die meisten Teilnehmer in ihren selbst mitgebrachten Zelten, darüber hinaus wurden aber noch drei große Festzelte aufgebaut, in denen tägliche Workshops und Seminare stattfanden. Auch die heutige Abendveranstaltung mit Ole Nydahl musste ausreichend Platz für die erwarteten zweitausend Besucher ermöglichen.

„Steht drin, um welche Personen es sich handelt, die umgekommen oder verletzt wurden?", fragte Markus.

Andy überflog in Windeseile den Artikel. „Nur, das es drei

junge Männer waren die starben. Bei den Verletzen sind auch zwei Frauen dabei. Um wen es sich aber konkret handelt, wird nicht näher erläutert. Wahrscheinlich wird`s heut Abend die Runde machen. Bestimmt geht auch Ole bei dem Vortrag ausführlicher auf den Unfall ein, und wir werden dann anschließend für sie beten."

Bedrückt saßen sie noch eine halbe Stunde am Cafe und sagten kaum noch was. Die pulsierende Atmosphäre an der Promenade stand jetzt im krassen Gegensatz zu ihrer Stimmung.

Kurz nach drei Uhr bezahlten sie und schlenderten wieder zum Bahnhof. Auf Gleis 6 stand schon der „Alex-Zug" Richtung Immenstadt bereit, auf den schon über achtzig andere Fahrgäste warteten. Pünktlich fuhr er ab und kam kurz nach vier Uhr in Immenstadt an.

„Ich glaube, mindestens die Hälfte der Leute, die im Zug saßen, sind Teilnehmer der Veranstaltung", mutmaßte Markus.

Beim Gang zum Viehmarktplatz war zu erkennen, dass er recht hatte, denn die meisten der etwa neunzig Zugreisenden trugen große Rucksäcke und steuerten ebenfalls die Kleinbusse des Shuttle-Service an.

Der Viehmarktplatz ist ein großer öffentlicher Platz, der vorwiegend von Pkw`s und Bussen belegt wird. Die Leute bummelten nach dem Abstellen ihres Fahrzeuges meistens Richtung Innenstadt oder im Sommer zum Kleinen und Großen Alpsee die in unmittelbarer Nähe waren. Auch ein Teil der Berufsschüler benutzte regelmäßig den Platz. Gelegentlich wurde das große Gelände auch für kleine regionale Messen,

Zirkusevents oder Flohmärkte frequentiert.

Beim Gang zum Kleinbus, der stark umlagert war, meinte Markus: „Mit dem mickrigen Bus warten wir ja über eine halbe Stunde, der hat höchstens zwölf Plätze, und drum herum stehen über hundert Leute."

„Sollen wir die vier Kilometer laufen?", fragte Katja und wischte sich mit dem Handrücken den Schweiß von der Stirn. Es war nach wie vor schwülwarm und absolut windstill.

„Kommt Leute, man gönnt sich ja sonst nichts", erwiderte Markus. „Wir fahren mit dem Taxi. Auf die fünfzehn oder zwanzig Euro ist doch geschissen. Dann haben wir noch genügend Zeit zum Essen, Zeltbauen und Duschen."

„Wo er recht hat, hat er recht", antwortete Katja mit verschmitztem Lächeln. Ihr schulterlanges rotbraunes Haar hatte sie zu einem Zopf geflochten. Als einzige der vier, schleppte sie – auch ohne Rucksack – ein paar Kilo zu viel mit sich rum. Markus zog sie gern damit auf und meinte dazu, sie hätte doch nur ein „gebärfreudiges Becken", aber ans Kinderkriegen dachte (noch) keiner von beiden, obwohl Katjas Mutter schon häufiger sagte, sie wäre jetzt im idealen Alter dafür. Markus zog sein Handy und bestellt ein Taxi zum Sammelplatz, das nur zwei Minuten später kam, da der Standplatz am Bahnhof nicht weit weg war und die meisten der Anreisenden anscheinend die Kosten scheuten.

Keine zehn Minuten später fuhren sie über die letzte Steilkurve „Gut Hochreute" an. Wie erwartet herrschte noch ein viel größer Trubel als am Viehmarkplatz, es hatte fast schon Festival-Charakter. Der Standplatz vor der Anmeldung, war nicht nur vom Bus des Shuttle-Service, sondern auch von anderen ankommenden Fahrzeugen belegt. Der Platz war gedacht als kurzfristiger Halteplatz zum Be- und Entladen, da innerhalb des Geländes nur wenige private Parkplätze zur Verfügung standen. Zehn Plätze wurden für die Verwaltungsmitarbeiter, Handwerker und Service-Leute benötigt, die anderen mussten das Gelände wieder zügig verlassen. Das Areal war zwar riesig, aber für die erwarteten dreitausend Besucher mussten genügend Kapazitäten zur Verfügung stehen, schließlich wurden allein schon mindestens zweitausend kleine Camping-Zelte aufgebaut, weil weit über die Hälfte der Teilnehmer alleine kam. Nur eine kleine Anzahl von etwa hundert Leuten konnte neben dem Verwaltungsgebäude nächtigen, darunter die Sanitäter, Workshop-Leiter, Ole Nydahl mit Gattin, sowie drei Dutzend Teilnehmer, die eine Übernachtungspauschale zahlten. Die Camper zahlten für ihren Standplatz nichts, außer einer freiwilligen Spende.

Auf dem Gelände des Gutes standen nicht nur Zelte, sondern auch einige historische Gebäude die im Jugendstil erbaut und 1911 fertiggestellt wurden. Sie fanden schon weite Beachtung in einigen zeitgenössischen Architektur- und Kunstzeitschriften. Eines der drei gut erhaltenen Gebäude wurde als Registrierungsstelle der ankommenden Teilnehmer verwendet. Jeder der Veranstaltungsteilnehmer bekam eine Nummer und einen Stellplatz, ähnlich wie auf einem normalen Campingplatz.

Nachdem sich die vier Österreicher registriert hatten, bekamen sie Platz B204 zugeteilt, der auf einer Wiesenanhöhe oberhalb des größten Veranstaltungszeltes lag, in dem in dreieinhalb Stunden Lama Ola Nydahl seinen Vortrag hielt.

„Okay, ihr könnt schon mal in Ruhe duschen, Mädls", meinte Andy, „ich bau mit Markus derweil unsere Zelte auf."

Die beiden jungen Männer kannten sich schon seit der Schulzeit und organisierten auch in Österreich gelegentlich Meditationsabende. Im Vergleich zu Deutschland, war der Buddhismus in Österreich eine anerkannte Religion.

Die Frauen nickten zustimmend. Sie sahen sich einen erhaltenen Lageplan an, den jeder Neuankömmling bekam. Sie studierten in aller Ruhe wo sich die wichtigsten Dinge im Camp befanden, da sich jedes Jahr die Aufteilungen veränderten. Oft kam neuer Grund dazu, den die Gutsverwalter von den Bauern oder der Stadt erwerben konnten.

„Eine Etage tiefer als letztes Jahr, gleich neben dem Gastrozelt sind die Toiletten und Duschen", meinte Katja zu ihrer Freundin, nachdem sie fündig geworden war. Dann schnappten sich beide ihre Handtücher und Badeschlappen und verschwanden.

Als sie eine halbe Stunde später wieder kamen standen die Zelte und ihre Freunde gingen zu den sanitären Anlagen.

Silvana zog eine Zigarettenschachtel aus ihrer Tasche und genoss tief inhalierend die wunderschöne Aussicht. Das Rauchen war das einzige Laster, was ihr Freund Andy immer an ihr auszusetzen hatte, aber bisher ließ sie sich nicht davon abbringen.

Um 19.30 Uhr standen alle frisch geschniegelt und parfümiert neben ihren Zelten und genossen den Blick hinunter auf die Stadt, die beiden Alpseen und die umliegende Bergwelt.

„Wir haben ja noch ein halbe Stunde", meinte Markus, mit seiner Canon-Kamera schwenkend. „Ich werde noch schnell ein paar Aufnahmen vom Sonnenuntergang machen, das wird in wenigen Minuten sein." Er trug eine verwaschene Bermuda-Jeans und ein weißes T-Shirt mit einem bestickten Surfer auf Brusthöhe. „Wir haben ja nummerierte Plätze im Zelt", ergänzte er.

„Ja, okay", erwiderte Katja, „ich telefonier derweil mit Mama. Viertel vor acht laufen wir los, also mach kein langwieriges Kunstwerk draus."

„Alles klar, bis gleich." Dann lief er mit seiner baumelnden Kamera um den Hals los.

Fünfzehn Minuten später standen Katja, Andy und Silvana neben ihren Zelten und bestaunten den orangefarbenen Sonnenball der hinter dem Immenstädter Horn versank.

„Obwohl schon hundertmal gesehen, ist es immer wieder atemberaubend", meinte Silvana bei dem Anblick.

„Wie recht du hast, aber jetzt könnte Markus langsam kommen. Ich will nicht der letzte sein, der ins Zelt läuft", sagte Andy verärgert mit Blick auf seine Uhr.

19.50 Uhr.

Das große Veranstaltungszelt lag auf gleicher Höhe wie ihre Zelte, nur etwa zweihundert Meter von ihnen entfernt. Um sie herum waren links und rechts, sowie oben und unten, schön aneinandergereiht, hunderte von anderen Zelten aufgestellt.

19.55 Uhr.

„Jetzt kotzt`s mich aber an. Wie lang braucht der denn, um ein paar Bilder zu machen?", knurrte Andy mit Zornesfalten auf der Stirn.

„Locker bleiben", meinte Katja, die aber auch zunehmend nervöser wurde. „Ich schau mal nach ihm. Er ist doch nur auf den kleinen Wiesenhang dort oben gegangen, das sind doch keine hundert Meter. Ich geh mal rauf."

„Stop", befahl Silvana, „wir gehen alle rauf, dann sind wir halt die letzten, die ins Zelt laufen, was soll`s." Sie wollte ihre Freundin auf keinen Fall alleine gehen lassen.

Alle drei liefen an die Stelle, wo Markus vor knapp einer halben Stunde raufgelaufen war. Hunderte von anderen Teilnehmern sahen sie verwundert an, als sie hastig an ihnen vorbeihetzten. Die meisten liefen entgegengesetzt in Richtung des Veranstaltungszeltes. Über eine Lautsprecherdurchsage hörten sie bereits, wie soeben der „Stargast des Abends" angekündigt wurde.

„Markus!", brüllte Katja auf einmal wie am Spieß.

Ein hochgewachsener Mann kam ihnen plötzlich hinter einer Tanne auftauchend erstaunt entgegen. Anscheinend hatte er sich auf die Schnelle erleichtert und erschrak bei dem gellenden Schrei.

„Hast du zufällig jemand gesehen mit einer Kamera um den Hals? Weißes T-Shirt, Bermuda-Short?", fragte ihn Andy.

Der Mann mit Strohhut schüttelte den Kopf. „Nein, hier war niemand. Ich bin aber auch nur vor zwei Minuten schnell hinter den Baum hier, weil die Toiletten unten ständig besetzt waren. Soll ich euch beim Suchen helfen?"

„Nein, danke", erwiderte Silvana, „wir werden ihn schon finden. Er kann ja nicht weit weg sein."

„Wie ihr meint", meinte der Mann und hob die Hand. Er war schlank und trug ein bunt gemustertes Hawaiihemd. „Man sieht sich." Dann lief er eilig weiter.

Fünf Minuten später wurde es Katja zunehmend mulmiger, je tiefer sie in den Wald eindrangen. Alle drei hatten über zehnmal nach Markus gebrüllt.

„Da stimmt was nicht", sagte sie mit zitternder Stimme. „Da muss was passiert sein."

„Ruhig Blut, Katja. Vielleicht ist er noch eine Runde schwimmen", meinte Andy, und war sich im gleichen Moment über den Blödsinn bewusst den er von sich gab. Aber irgendwie musste er sie ja beruhigen.

„Quatsch", meinte auch seine Freundin Silvana. Auch sie befürchtete mittlerweile das Schlimmste. „Markus würde sich nie auf die Schnelle abseilen."

Mittlerweile war es 20.20 Uhr und die Dämmerung setzte langsam ein.

„Es hat keinen Sinn, es wird bald finster, wir brauchen Hilfe. Wir müssen ein paar Leute holen, die uns beim Suchen helfen", stieß Katja keuchend hervor. „Wir entfernen uns ja immer mehr vom Gelände, so weit ist er niemals gelaufen. Da stimmt was nicht. Silvana, lauf du bitte zum Zeltlager zurück und gib beim Empfang Bescheid. In einer viertel

Stunde brauchen wir Taschenlampen, da wird's ziemlich finster sein."

„Okay, mach ich. Habt ihr eure Handys dabei?"

„Klar, wenn er auftaucht, geben wir dir sofort Bescheid", meinte ein frustrierter Andy.

***

Fünfzehn Minuten später kam Silvana wieder zurück, neben ihr drei Männer und eine Frau. Zehn Meter dahinter, folgte ein weiterer männlicher Nachzügler, der wahrscheinlich nur aus Neugierde hinterhergehechelt war.

„Bisschen wenig Leute für einen Suchtrupp", meinte Katja verärgert. An den Blicken in den Gesichtern der Ankommenden erkannten alle, dass irgendwas nicht stimmte.

Als alle vor ihnen standen, ergriff Silvana mit düsterer Miene das Wort: „Andy, Katja! Hundert Meter tiefer, auf dem Weg Richtung Talstraße, wurde auf einem Felsblock von einem der Guts-Mitarbeiter, vor wenigen Minuten ein zerschmetterter Körper entdeckt! Wir müssen womöglich befürchten, dass es sich dabei um Markus handelt."

4

Drei Stunden zuvor

Nachdem ihn Paul am Bahnhof in Martinszell-Oberdorf abgesetzt hatte, lief Peter Kelly zum Fahrkartenautomaten um sich einen Fahrschein zu holen. Auf dem gelben Abfahrtsplan sah er, dass der nächste Zug nach Immenstadt um 17.39 Uhr kam. Oberdorf ist ein Ortsteil der kleinen Gemeinde Martinszell, die genau zwischen Kempten und Immenstadt liegt. Für die zehn Kilometer, egal in welche Richtung, benötigte der Regionalzug immer sieben Minuten. Als er die drei Euro für das Ticket in den Automaten warf, hatte er sich schon einen Plan zurechtgelegt, was er in den nächsten Stunden noch machen wollte, bis um 20 Uhr die Veranstaltung mit Ole Nydahl begann. Paul hatte ihm einen grauen Rucksack gegeben der in seinem Wagen lag. Glaser hatte meistens alle möglichen Utensilien in seinem Fahrzeug, um nicht ständig in seine Wohnung fahren zu müssen, falls er sich kurzfristig entschloss, etwas zu unternehmen. Handtuch, Badehose, Schuhe und Rucksack gehörten – zumindest im Sommer – fast schon zu seiner Grundausstattung, die immer in einer Adidas-Tasche in seinem Kofferraum lag. Mit Geld war er ausreichend versorgt und auf weitere Klamotten die ihm Paul noch mitgeben wollte, hatte Peter vehement verzichtet. Warum nicht noch eine kleine Shopping-Stunde in Immenstadt einlegen? Zeit war nach seiner Ankunft noch ausreichend vorhanden. Im Vergleich zu den meisten anderen Teilnehmern, die mit ihren Zelten kamen, gab es eine begrenzte Anzahl von circa hundert Betten, die neben dem Kantinengebäude in einem kleinen Holzhaus eingerichtet waren. Die meisten davon in gepflegten Zimmern, drei Viertel davon Einzelzimmer. Eigentlich waren diese Zimmer vorwiegend für Hausmeister, Küchenpersonal, Sanitäter und Helfer/innen gedacht, die sich ehrenamtlich engagierten und direkt mit der Veranstaltung nichts zu tun hatten. Sie waren nur zum Wohle der Seminarteilnehmer auf dem Gelände im Einsatz, schließlich musste bei dreitausend Leuten an einiges gedacht werden. Auch Ole Nydahl und seine Frau hatten ein komfortables Doppelzimmer, da sie sich nur drei Tage im Allgäu aufhielten und danach nach Rom zum nächsten Meeting flogen.

Peter Kelly hatte in dem Gebäude nur deshalb ein Zimmer bekommen, da er Doktor Nagold kannte, der das Team für die medizinische Versorgung betreute und organisierte. Insgesamt waren zehn männliche und vier weibliche Rettungssanitäter in den vierzehn Tagen auf dem Gelände, die sich schichtweise abwechselten. Es war keine Seltenheit, das ein Teilnehmer bei einer Meditation oder Veranstaltung Kreislauf-Probleme oder ähnliches bekam. Außerdem waren nicht nur die campierenden Buddhisten-Mitglieder auf dem Areal, sondern auch Besucher, die zum Teil weit anreisten, um den Sinn dieser Religion besser verstehen zu können. Zweimal wöchentlich gab es deshalb Führungen, Informationen und anschließende Meditationsstunden für die Neuinteressierten, sowie sonntags einen Tag der offenen Tür.

Pünktlich kam der rote Regionalzug. Peter sah schon vom Bahnsteig beim Blick auf die Waggonfenster, dass der Zug ziemlich voll sein musste. Beim Gang ins Waggoninnere sah er sich bestätigt, der Zug war rappelvoll. Ein Waggon war für die Fahrradtouristen, damit sie auch genügend Abstellplätze für ihre Räder hatten. Ein Klappsitz reichte Peter für die wenigen Minuten Fahrtzeit. Er saß sich auf einen der drei freien Sitze, direkt neben eine junge Frau, die in ihrem gelbweißen Rad-Dress aussah, als hätte sie eben erst bei der Deutschland-Rundfahrt teilgenommen. Links und rechts des Gepäckträgers waren an ihrem Rad zwei dicke Satteltaschen angebracht, die die typischen Reiseradler immer bei längeren Touren für ihr Equipment mitnahmen.

„Machen Sie die Bodensee-Königsee-Tour?", fragte Peter nachdem er sich gesetzt hatte.

Die blonde Frau, Anfang dreißig, schaute ihn verdutzt an. Ihre langen Haare hatte sie zu zwei Zöpfen geflochten. Eine große Sonnenbrille verdeckte fast ihr halbes Gesicht. „Äh…, nein. Sie meinen wegen den Satteltaschen?"

„Ja", erwiderte Peter, „viele Radler kommen im Sommer mit dem Zug ins Allgäu um nach Lindau zu fahren, nachdem sie am Ziel in Berchtesgaden angelangt sind. Meistens fahren sie nach ein - oder zwei Nächten wieder zurück zu ihrem Startpunkt. Kaum jemand will die Etappen ein zweites Mal fahren, natürlich auch um keine unnütze Zeit und Energie zu verschwenden. Es ist eine der beliebtesten Routen für Reiseradler. Je nachdem, wieviel man täglich fährt, dauert die Tour so sechs - bis sieben Tage für die gesamten 420 Kilometer."

„Ach, so. Nein, die Route kenn ich nicht. Ich komme aus Augsburg, und besuche nur einige Tage eine gute Freundin in Wangen. Zuvor mach ich noch vier - fünf Tage Zwischenstation in Immenstadt, beziehungsweise am Großen Alpsee in Bühl."

„Aber nicht auf Gut Hochreute, oder?"

Erstaunt runzelte sie ihre Stirn. „Doch. Sie aber nicht, oder? Sie haben ja gar kein Gepäck. Übrigens, wir können uns ruhig duzen, ich bin die Steffi." Sie zog kurz einen ihrer roten Biker-Handschuhe aus, und drückte ihm sanft die Hand.

„Angenehm, Peter. Ich bin auch bei der Buddhisten-Veranstaltung, ich besorge mir gleich noch ein paar Sachen in Immenstadt. Für die drei- bis vier Tage die ich plane, brauch ich nicht allzu viel, Verpflegung gibt`s ja oben zur Genüge. Außerdem hab ich`s nicht allzu weit zu mir heim, ich wohne in Isny. Ich hab nur eben einen Freund in Kempten besucht. Wir waren Eis essen, in einem Cafe am Niedersonthofener See. Das Wochenende werde ich wahrscheinlich nicht oben verbringen, weil ich daheim viel zu tun habe."

„Und du geht's jetzt gleich zum Shoppen? Wir sind nämlich da." Der Zug fuhr langsam in den Bahnhof von Immenstadt ein.

„Ja, nur im Drogeriemarkt Müller, gleich hinter dem Bahnhof. Bisschen was zum Knabbern und eine Tube Zahncreme."

Sie nahm ihr Rad von der Wand und beide standen auf. Er drückte beim Halt an den grünen Knopf und half ihr, das schwere Rad nach unten zu befördern. Der Bahnsteig in Immenstadt, war weder Radler- noch Behindertengerecht gebaut. Eine Schande für eine Urlaubsregion mit vielen Radtouristen, sowie älteren und behinderten Menschen.

„Danke, dir", meinte sie lächelnd, nachdem sie sich auf den Sattel geschwungen hatte. „Na, dann werden wir uns ja vielleicht bei der Eröffnungsrede um 20 Uhr wiedersehen, oder?"

„Das hoffe ich doch, obwohl man bei über tausend Leuten, schon mal jemanden übersehen kann. Ansonsten irgendwo auf dem Gelände", erwiderte Peter verschmitzt.

„Oder beim Essen", sagte sie, zwinkerte und radelte davon.

Er winkte ihr zu, und lief über den Zebrastreifen zu einem Eiscafe, direkt neben dem Drogeriemarkt. In einer Schlange von zehn Personen, musste er sich zehn Minuten für seine drei Kugeln Eis anstellen. Die Plätze der Eisdiele waren innen wie außen alle besetzt, die meisten davon von Rucksacktouristen, die zum größten Teil bestimmt das gleiche vorhatten wie er. Er wusste von den letzten Jahren – aus Zeitungsberichten – dass die Stadt, während der Buddhisten-Veranstaltung im Ausnahmezustand war.

Zwanzig Minuten später besorgte er sich in einem Modemarkt neben der Eisdiele ein 4er-Set mit Boxershorts, drei T-Shirts, Handtuch und Kulturbeutel. Er verstaute alles in seinem Rucksack, und lief noch ein paar Meter die Bahnhofsstraße entlang. Nächste und letzte Station war der Feneberg-Lebensmittelmarkt, dadurch konnte er auf den Einkauf in der Drogerie verzichten, die auch von den Touristen stark belagert war. Er deckte sich ein mit Mineralwasser, Chips, Zahnpasta, Badeschlappen, Sonnenmilch und einem Universal-Taschenmesser. Das sollte jetzt reichen für fünf Tage, dachte er sich bei seinem gut gefüllten Rucksack.

Um 18.30 Uhr machte er sich auf den Weg zum Viehmarktplatz. Gnadenlos brannte die Sonne vom Himmel, sodass er seine Baseballmütze aufzog um keinen Sonnenbrand zu bekommen. Bei fünfunddreißig Grad Hitze, flimmerte sogar der brütend heiße Asphalt, auf dem er mit seinen Trekkingsandalen lief.

Als Peter die riesige Menschentraube vor dem kleinen Shuttlebus sah, bestellte er eilig ein Taxi, da er keine Lust hatte, hier unnötig lange zu warten.

Als das Taxi – ein VW Passat Variant – kam, stürmten zwei junge Männer auf ihn zu. „Können wir mitfahren?", keuchte der kleinere von beiden, ein leicht übergewichtiger Typ, Mitte zwanzig, mit rotblonden Haaren und knallroter Nase und Stirn.

„Klar, Jungs", antwortete Peter und nahm auf dem Beifahrersitz Platz. Seinen kleinen Rucksack legte er auf seinen Knien ab. Die beiden jungen Männer schmissen ihre doppelt so großen Rucksäcke in den Kofferraum, dann schwangen sie sich keuchend auf die Rücksitzbank. Der Fahrer fuhr schon los, bevor ihm Kelly überhaupt das Ziel genannt hatte. Vermutlich waren heute 99 Prozent seiner Fahrten zum Buddhisten-Sommercamp. Aufgrund der großen Zahl von Fahrzeugen und Radfahrern auf der Strecke, sahen sie, dass immer noch tausende von Badegäste, in- und um den großen Alpsee unterwegs waren, die meisten davon beendeten aber ihren Badeausflug. An solchen Tagen kamen aus dem Umkreis zigtausende von Tagesgästen, sowie viele aus den Hotels der umliegenden Gemeinden, die meisten davon aus Oberstaufen.

Einen Kilometer vor der Abzweigung zu Gut Hochreute, befand sich ein riesiger Stellplatz für Pkw`s und Wohnmobile, da der weiterführende Weg ins Naturschutzgebiet nur noch Zubringern, Radlern und Anliegern gestattet war. Der Taxifahrer – ein fettleibiger Mittfünfziger – musste an mehreren Stellen der enger werdenden Straße häufig abbremsen und halten, um Gegenverkehr passieren lassen zu können. Vor allem, wenn ihm einer der vielen kleinen Shuttle-Busse entgegenkam, die die Stadt extra für die Veranstaltung organisiert hatte, um ein vollständiges Chaos zu vermeiden.

Um 19.10 Uhr hielt der Fahrer am Eingang des Camps, und Peter drückte ihm beim Aussteigen einen Zwanziger in die Hand, obwohl die Fahrt nur 15,60 Euro kostete. Der Fahrer dankte artig, wünschte viel Spaß und fuhr dann rauchend davon. Als ihm der kleine Dicke einen Zehner geben wollte, winkte Kelly ab. Was sollte der Geiz, schließlich hatte er – noch – genügend Kleingeld.

Alle drei steuerten gleichzeitig das Registrierungs-Büro an, das dadurch zu erkennen war, dass viele Dutzend Leute an einer Eingangstür standen, die wirkte, wie die Kasse eines altmodischen Theaters aus den Sechzigerjahren.

Als Peter, nach zehnminütigem Anstehen, immer noch circa 30 Leute vor sich hatte, beschloss er, erst später wiederzukommen, wenn sich der erste Andrang gelegt hatte. Da die meisten zum Vortrag von Ole Nydahl wollten, würde sich bestimmt nach 20 Uhr kaum noch jemand hier aufhalten, so seine Theorie.

Für ihn war der Vortrag nicht von allzu großer Bedeutung, Zeit zum Meditieren und den Buddhismus kennenzulernen, hatte er noch genug. Deshalb entfernte er sich von der Reihe, und nahm mit seinem Smartphone ein Bild des historischen Gebäudes auf und schickte es wenige Sekunden später an Paul Glaser. Schließlich hatte er versprochen, ihn auf dem Laufenden zu halten, was hier im Camp so alles geboten war.

Auf einer Wiesenanhöhe oberhalb des historischen Gebäudes, fielen ihm zwei Männer in Schildmützen auf, die heftig miteinander zu gestikulieren schienen. Vom Sprachjargon her, hörte es sich wie flämisch an, aber das konnte auch eine Täuschung sein.

Dann sah er erstaunt, wie eine junge Frau ins Büro der Verwaltung stürmte, als wäre ein Rudel Wölfe hinter ihr her. Dann fegte – fast zeitgleich – ein Subaru die Einfahrt herein, der mit quietschenden Reifen vor dem Gebäudeeingang zum Stillstand kam. Zwei Männer sprangen aus dem Fahrzeug und stürmten hinein. Peter ahnte, dass irgendetwas Furchtbares geschehen sein musste. Er beschloss, sich dazu zu gesellen, schließlich war er schon immer sehr neugierig. Das Büro der Verwaltung befand sich im gleichen historischen Gebäude wie die Registrierungsstelle, nur zehn Meter weiter um die Hausecke. Als drei Männer und zwei Frauen herausstürmten, lief er ihnen einfach, ohne lange zu überlegen, hinterher. Zwei der Männer waren die, die noch vor wenigen Augenblicken mit dem Fahrzeug heranrasten. Dazu die Frau, die völlig aufgelöst ins Büro gestürzt war, sowie eine weitere Frau, die vermutlich im Büro arbeitete. Das Gut Hochreute war ganzjährig – auch ohne Buddhismus-Veranstaltung – immer von mindestens fünf Leuten besetzt, die sich um alles Notwendige in der großen Anlage kümmerten. Sie wurden von der Stiftung Diamantweg bezahlt, bis auf einen ehrenamtlichen Buddhisten aus der Region, der zweimal in der Woche aus Sonthofen kam.

Peter ging flotten Schrittes hinter ihnen her. Die nervöse junge Frau, betonte immer wieder den Namen, „Marcus". Bestimmt war ihr Freund oder Mann damit gemeint, dem anscheinend was passiert war. Hundert Meter weiter, an der Westseite des Geländes, standen zwei 2-Mann-Zelte, an denen ein junges Paar stand, das nervös auf die Gruppe wartete. Dann sprudelte es aus der jungen Frau inmitten der Gruppe hervor: „Andy, Katja! Hundert Meter tiefer, auf dem Weg Richtung Talstraße, wurde auf einem gŕßen Felsblock von einem der Guts-Mitarbeiter, ein zerschmetterter Körper entdeckt! Wir müssen befürchten, dass es sich womöglich um Markus handeln könnte."

***

Fünfzehn Minuten später.

Ein Rettungswagen und zwei Mitarbeiter der Bergwacht waren an der Unglücksstelle eingetroffen. Obwohl es sich nicht um hochalpines Gebirge handelte, war das Gelände felsdurchsetzt und nur mit größter Vorsicht und Trittsicherheit erreichbar. Der unverkennbar männliche Körper lag auf einem mittlerweile, blutüberströmten Nagelfluhfelsen, mit einem Durchmesser von circa vier Metern. Das Gesicht des

Mannes war nicht mehr als solches erkennbar, und der Körper lag grotesk verrenkt auf dem rundlichen Felsblock.

Dr. Hofreiter war als Erster an der Stelle, und zog mit Hilfe eines Rettungssanitäters den Körper von dem Felsblock hinunter. Nachdem er den Puls und Herzschlag geprüft und den Körper abgetastet hatte, schüttelte er wenige Sekunden später den Kopf. „Nichts mehr zu machen. Er muss sofort nach dem Sturz tot gewesen sein. Wahrscheinlich sind die meisten der Knochen gebrochen, absolut sicher der große Schädelknochen."

Da, wo früher einmal ein Gesicht war, war nur noch eine rote Fleischmasse mit wenigen Hautfetzen zu sehen.

„Muss ein grauenvoller Tod gewesen sein", meinte der junge Rettungsassistent, namens Gaulhofer, dem beim Anblick des Toten ein Brechreiz zu schaffen machte.

Der grauhaarige Arzt drehte den Leichnam auf die Seite und erwiderte: „Ertrinken ist schlimmer. Wenn er sofort beim Aufprall tot war, hatte er nur während des Sturzes ein paar Sekunden Todesangst. Jemand, der im Wasser absäuft, hat minutenlang zu kämpfen, bis er keinen Sauerstoff mehr bekommt und das Wasser ihn regelrecht verstopft. Aber das spielt jetzt keine Rolle mehr: Tot ist tot, und das ist immer scheiße. Schade, der Kerl ist höchstens Anfang dreißig. Sind Angehörige von ihm da?"

„Per Funk hab ich eben gehört, dass seine Freundin mit einigen anderen Leuten auf dem Weg vom Guts-Gelände hierher unterwegs ist. Müssten jeden Moment kommen", meinte Gaulhofer.

Keine zehn Minuten später waren sie umringt von fünf Personen. Weitere fünf standen zwanzig Meter abseits, und wollten sich vermutlich den genaueren Anblick ersparen.

Eine junge Frau stürzte Doktor Hofreiter fast vor die Füße. „Sind Sie seine Frau oder Freundin?", fragte der Arzt und sah dabei in ein blasses und schockiertes Gesicht. Vor fünf Minuten hatte er eine schwarze Decke über den Leichnam gelegt.

Sie nickte stumm, und ihre Augen standen kurz vor einem Tränenausbruch. Sie zitterte am ganzen Körper.

„Ich muss Sie vorwarnen, junge Frau. Es ist leider kein schöner Anblick", sagte der Arzt bedächtig.

Die Decke über den am Boden liegenden Leichnam verhüllte alles bis auf die Schuhspitzen. Hinter der Frau stand ein junges Pärchen, das mit offenem Mund auf den Boden starrte.

„Wir sind auch Freunde von ihm", flüsterte der Mann. „Ich heiße Andy, und das ist meine Freundin Silvana. Wir sind zu viert, vor einigen Stunden aus Innsbruck gekommen. Katja ist seine Lebensgefährtin." Er zeigte auf die zitternde Frau, die nur einen Meter vor dem Leichnam stand.

„Okay, ich werde jetzt für einige Sekunden die Decke aufschlagen", meinte Dr. Hofreiter. Das war die Situation, die er bei solchen Unglücken am meisten hasste. „Jemand von euch, oder alle, müssen dann die Identität des Toten bestätigen." Dann hob er die Decke an.

Katja brach beim Anblick schluchzend zusammen und fiel vor dem Toten auf die Knie. Ihre beiden Freunde legten die

Hände vors Gesicht, Silvana sah sofort weinend zur Seite.

Doktor Hofreiter legte seine Hand auf die Schulter von Katja. „Ist er das? Ist das Ihr Partner? Definitiv sicher?"

Sie nickte nur, wie ihre Freunde, dann bekam sie einen Weinkrampf. Dr. Hofreiter bereute schon, dass er die Decke aufgeschlagen hatte, nur die wenigsten Menschen ertrugen solche Anblicke. Dann kamen zwei uniformierte Polizisten hastig auf ihn zu. Hoffentlich machten sie ihm keine Vorwürfe deshalb, aber der Mann hatte schließlich keinen Ausweis oder sonstiges in seinen Taschen gehabt, außer dem demolierten Gehäuse einer Spiegelreflexkamera, die immer noch mit einem Band um seinen Hals hing, zumindest das, was noch davon übrig war.

Aus gut zwanzig Meter Entfernung, verfolgte Peter Kelly gebannt das Geschehen. Er machte eine Handyaufnahme, bevor die Leiche wieder zugedeckt wurde. So ein Toter war schließlich ein faszinierender Anblick.

5

Kempten, spätnachmittags

Nachdem ich Peter an den Bahnhof gebracht hatte, beschloss ich, noch eine Weile baden und sonnen zu gehen. Die Seite, an der der Landgasthof Seehof liegt, ist die beliebteste Stelle um den 2,8 Kilometer langen See, weil er die größten Grünflächen hat, dazu noch einen gemütlichen Gasthof mit riesigem Balkon und Seeblick.

Ich parkte unweit der Bahntrassen, und lief die letzten fünfhundert Meter bis zum Badeplatz zu Fuß. Da ich Peter Kelly meinen kleinen Rucksack überlassen hatte, schmiss ich mir ein Handtuch und eine kleine Fleecedecke in eine Shoppingtasche, die in ihrem glänzenden Design wie eine Badetasche aussah. Aus der vorderen Konsole entnahm ich einen leeren Tritanbecher und einen Beutel mit 30 Gramm Pulver den ich mit Wasser mixen würde. Natürlich nicht mit dem Seewasser – obwohl es sauber war –, sondern mit Wasser aus den sanitären Anlagen, die neu neben dem Gebäude der Wasserwacht, vor einem Jahr gebaut wurden. Schließlich war der See nach dem Großen Alpsee, der zweitgrößte im Radius von fünfzig Kilometern. Das Schleppen mit den unhandlichen Kühltaschen war mir meistens zu umständlich. Trotz der hochsommerlichen Temperaturen gab es noch genügend freie Plätze, allerdings nur in der prallen Sonne. Ich legte meine Decke unweit des Wasserwachtgebäudes aus und lief gleich zu den Duschen, um mein Getränk zu mixen und mich umzuziehen. Nachdem ein älteres Ehepaar, das unter einem Baum lag, ihre Sachen packte, vollführte ich blitzartig einen Stellungswechsel mit meiner Decke als ich zum Platz zurücklief. Auf einen Sonnenbrand hatte ich nun wirklich keinen Bock, zumal ich trotz des reichhaltigen Equipments in meinem Wagen keinen Sonnenschutz dabeihatte. Im Gasthof gab es zwar reichlich zum Essen und Trinken, aber keine Sonnenmilch. Ich war zwar ein dunkler Typ mit leicht vorgebräunter Haut und haselnussbraunen Haaren und Augen, aber bei über dreißig Grad in der Sonne bekam auch ich starke Rötungen.

Ich trank einen Schluck, schmiss meine Sachen auf die Decke und lief zum Ufer. Nachdem meine Füße im seichten Nass waren, lief ich noch drei Meter, bis ich auf Brusthöhe war und hechtete hinein. Es war angenehm warm, bei geschätzten fünfundzwanzig Grad. Ich kraulte siebzig Meter in gemächlichem Tempo, dann drehte ich meinen Körper und ließ mich bäuchlings mit leichtem Beinschlag im seichten Wasser treiben. Was wohl Peter jetzt machte? Bestimmt war er noch auf dem Weg zum Gut hoch, auch wie ich ins Wasser gesprungen. Vielleicht sah er sich am FKK-Platz, der auf seiner „Route" lag, die ganzen Nackten an. Schließlich hatte er in den letzten anderthalb Jahren, nur Zellenwände und anderes Gesindel gesehen.

Ich würde ihn auf jeden Fall in dem Sommercamp spontan aufsuchen, ich wusste sogar schon mit wem. Mal sehen, wie es ihm bis dahin gefiel, unter all diesen Knilchen. Ich drehte meinen Körper wieder, und schwamm brustschwimmend zurück ans Ufer. Außer mir, waren nur noch eine Handvoll Leute im Wasser, die meisten packten schon auf der Wiese ihre Badesachen zusammen. Es war kurz nach halb acht, an diesem wunderbaren, lauen Montagabend. Ich trocknete mich ab, zog meine nasse Badehose aus und meine Bermudashorts an. Weit und breit war keine attraktive Seejungfrau unterwegs, die ich anlächeln konnte. Um acht Uhr packte ich meine Sachen, lief zurück zum Wagen und fuhr zu meiner Wohnung.

Ich habe seit einem halben Jahr eine Penthouse-Wohnung in Kempten. Als ich sie bezog, interessierte sich der Eigentümer aus Ulm, weniger für meinen Beruf und Familienstand, als vielmehr dafür, ob ich in der Lage wäre, fünf Warmmieten als Kaution zu hinterlegen. Als ich sie im bar gegen Quittung gab, ließ er mich mit weiteren neugierigen Fragen in Ruhe. Ich hatte ihm beiläufig erzählt, dass ich als Verkäufer arbeitete und einen lukrativen Nebenjob hätte, nur deshalb wären 1200 Euro Warmmiete auch kein Problem für mich. Bisher war das auch kein Problem für mich, nur wenn ich nicht endlich einen lukrativen Auftrag bekam, und sich mein Bekanntheitsgrad als Privatdetektiv schlagartig erhöhen würde, konnte ich in wenigen Monaten wirklich in Liquiditätsengpässe kommen. Notfalls müsste ich sogar wieder in meinen alten Job als Sportartikelverkäufer zurück, was aufgrund der positiven Wirtschaftslage aber kein großes Problem darstellen würde, aber es gab noch deutlich lukrativere Alternativen.

Um 20.45 Uhr hielt ich in meiner Tiefgarage, die mich auch noch zusätzlich achtzig Euro im Monat kostete. Der fünf Jahre alte Komplex in der Bahnhofstrasse 45, bestand aus einer Mischung aus Wohn - und Gewerbeeinheiten. Ein Drittel der zwanzig Einheiten wird gewerblich genutzt, der Rest ist für Privatmieter, die es sich leisten können, zwischen 1200 - 2500 Euro Miete abzudrücken. Im Erdgeschoss waren mehrere Ärzte und daneben eine Apotheke. Im zweiten Stock, ein Architekt, eine Physiotherapiepraxis und ein Nagelstudio. Im dritten und vierten Stock waren die privaten Wohnungen, meine war noch eine der günstigsten. Keiner jemand wusste, dass ich meine Wohnung auch teilweise gewerblich nutzte. Erst seit einigen Tagen, hatte ich ein 30 Zentimeter großes Schild an meinem Eingang angebracht. „Paul Glaser, Privatdetektei", stand in auffälliger, kursiver Schrift auf einem goldenen Schild.

In dem Gebäude gab es zwei Haupteingänge; der reguläre von vorn, wo hauptsächlich die Patienten der Ärzte, Apotheke, u.s.w. reingingen, und ein zweiter für die Mieter, hinten von der Tiefgaragenseite. Der Aufzug für maximal sechs Personen, konnte aber von beiden Seiten, bis zum vierten Stock genutzt werden. Patienten und Kunden von vorn, durften die Tiefgarage nicht nutzen, weil es nur zwanzig Stellplätze gab, inklusive der für die Ärzte und Apotheker. Spätestens um 20.30 Uhr wurde – in der Regel – der vordere Eingang abgesperrt, außer, es gab einen Notfall bei den Ärzten.

Als ich kurz vor 21 Uhr aus dem Fahrstuhl ausstieg, war es mucksmäuschenstill im Gebäude. Wahrscheinlich waren die meisten im Biergarten oder beim Grillen. Ich sperrte meine Wohnung auf, und ging auf meine Dachterrasse um meine feuchte Badehose aufzuhängen. Außerdem war es immer wieder ein Genuss, bei untergehender Sonne einen Rundumblick zu machen. Nicht nur die halbe Stadt, auch die Allgäuer Alpen waren (meistens) bestens zu bestaunen. Ich ergötzte mich an dem Anblick, zog meine Schuhe aus und ging ins Bad. Als ich über mein Kinn strich, merkte ich die nervenden Bartstoppeln, die mir einmal mehr zuwider wurden. Bevor ich mich auf die Couch legte und in die Glotze schauen wollte, mussten die lästigen Stoppeln weg. Ich ging ins Bad und sprühte mir Rasierschaum auf Kinn und Wangen, bis ich schlagartig innehielt und nur noch meinem Atem lauschte.

Mein Gehör ist außerordentlich gut, deshalb war ich mir sofort sicher, dass sich jemand in diesem Moment an meinem Türschloss zu schaffen machte. Meine Badezimmertür war nicht geschlossen, sondern nur angelehnt. Lautlos stellte ich die Dose Rasierschaum ab. Dann schlich ich auf Zehenspitzen ins Wohnzimmer und schaltete das Licht aus. Blitzschnell schlich ich ins Bad zurück und schaltete auch dort das Licht aus. An meiner Eingangstür war zwar ein Sicherheitsschloss, aber für einen Profi-Einbrecher ein Kinderspiel. Eine Sache von wenigen Minuten, bis die Tür aufsprang.

Meine Badezimmertür ließ ich eine Handbreit auf. Was sollte ich tun? Sofort die Bullen rufen, oder abwarten, was jetzt kam? Es war noch nicht stockfinster, von meinem riesigen Fenster strömte noch etwas dämmriges Tageslicht in mein vierzig Quadratmeter großes Wohnzimmer. Angst hatte ich in dem Moment keine. Ich war nur stinksauer, wütend über die Kühnheit dieser Person, die einfach in meine geliebte Privatsphäre eindringen wollte. Mein Körper spannte sich wie ein Bogen, kurz vor dem Abschuss des Pfeiles. Bei den meisten Leuten, die diesen Adrenalinstoß spüren, beschleunigt sich der Herzschlag, meiner wird langsamer. Ich atme tiefer, sehe klarer, meine Sinne werden geschärft.

Wenn ich gewollt hätte, dass diese Person verschwindet,

hätte ich nur ein lautes Geräusch machen müssen, dann wäre sie bestimmt sofort geflüchtet. Außer mir, besaß niemand einen Schlüssel für meine Wohnung, nicht mal meine Mutter. Mein Vater ist seit drei Jahren tot. Und meine letzte Freundin, existierte bei Bezug dieser Wohnung gar nicht mehr.

Ich wollte nicht, dass dieser dreiste Einbrecher so einfach verschwand. Ich wollte ihn erst außer Gefecht setzen. Natürlich erst, nachdem wir uns unterhalten hatten. Ich wollte wissen, wer es sich traut, wer ihn geschickt hat und alles drum herum. Oder war es nur ein primitiver, ganz gewöhnlicher Einbrecher, der sich hier das große Vermögen oder Wertsachen erhoffte? Schließlich wussten bestimmt viele in der Region, dass hier im Haus, nur die sogenannten „Bessersituierten" wohnten.

Durch den Spalt aus der Badezimmertür sah ich, dass sich die Tür nach innen öffnete, gefolgt von dem runden Lichtkegel einer Taschenlampe, dessen Schein über den Boden strich. Dann kam der Rest des Körpers in den Dielenraum. Einen Mann von geschätzten eins achtzig. Verdammt Kacke, er war nicht alleine, ein zweiter Körper schob sich hinter ihm in die Diele! Das schmälerte meine Chancen auf einen schmerzfreien Abend erheblich. Aufgrund der Statur erkannt ich, dass der zweite Mann deutlich kleiner und auch etwas untersetzt war. Über seiner rechten Schulter trug er etwas, das in der Dunkelheit wie eine Segeltuchtasche aussah. Wahrscheinlich um vorhandene Beute damit besser abzutransportieren zu können. Also „anderthalb" gegen Einen, redete ich mir protzig ein, und dachte über meine weiteren Möglichkeiten nach.

Es war ihnen mühelos gelungen, in dieses Haus und dann in meine Wohnung einzudringen, was nicht unbedingt auf Gelegenheitseinbrecher schließen ließ. Vielleicht waren hier absolute Profis am Werk, die das hundertmal schon gemacht hatten? Aber warum dann ausgerechnet bei mir? Ein vager Verdacht kam mir, das würde ich aber zu einem späteren Zeitpunkt sehr schnell herausfinden.

Von meiner Wange tropfte etwas Schaum, den ich mir vorher schon aufgesprüht hatte, und bei dem Geräusch ganz vergessen hatte, abzuwischen. Ich stand mit Boxershorts und nacktem Oberkörper an meinem Türspalt und spähte hindurch. Aus den Augenwinkeln hatte ich eine Waffe für mich entdeckt, vielleicht waren meine Fäuste zu wenig um beide zu überwältigen. Ganz offensichtlich erwarteten sie nicht, mich während ihres Einbruches anzutreffen, ganz schön verwegen die Burschen. Sie hatten vorher auch nicht an meiner Tür gelauscht, denn sonst hätten sie mich bestimmt gehört. Mein einziger Vorteil war also, dass sie von meiner Anwesenheit nichts wussten. Langsam atmete ich aus. Sobald ich sicher war, dass sie sich Richtung Wohnzimmer bewegten, wollte ich mich lautlos hinausschleichen, um hinter sie zu kommen. Auf meinen weichen, hochflorigen Teppichen, knarzte definitiv nichts, und die lagen überall in meiner Wohnung. Für etwaige Stromausfälle, die es auch schon in Kempten gab, war ich natürlich gewappnet, aber nicht wie die meisten mit Kerzen, sondern mit einer großen, schweren Maglite-Taschenlampe. Die war nicht nur extrem leuchtstark mit 600 Lumen, sondern auch sehr groß und schwer. Ideal, um jemandem damit den Schädel zu zertrümmern. Und die Lampe war natürlich, wo sie hingehört, im Bad. Und jetzt hatte ich sie in meiner rechten Hand. Schlagbereit. Beide trugen dunkelgraue Kapuzensweatshirts, sodass ich nicht ihre Köpfe sah.

Jetzt!

Es war so weit, ich musste es riskieren. Sie leuchteten ins Wohnzimmer und standen vielleicht drei Meter vor mir, als ich auf Zehenspitzen hinter sie schlich. Der Dicke stand hinter seinem Kollegen und sah sich suchend um, nur nicht nach hinten. Da stand ich, und war jetzt bis auf einen halben Meter an ihn herangekommen. Mit der Taschenlampe wollte ich ihm nicht den Schädel einschlagen, deshalb wählte ich eine moderatere Variante: Blitzschnell fuhr ich mein rechtes Bein aus, holte Schwung, und trat ihm mit voller Kanne gegen seine Beine. Die Wirkung war wie erhofft; Sein rechtes Bein stieß brachial gegen sein linkes, er verlor den Stand, und fiel wie vom Blitz getroffen um. Er schrie und fluchte lauthals, als er auf den Boden knallte.

Jetzt drehte sich das größere Kaliber um Er war etwa in meiner Größe und sah mich verblüfft an, sagte aber nichts. Stattdessen zog er ein blitzendes Messer aus einem Schaft am Gürtel, und holte mit dem rechten Arm aus, aber er stand noch anderthalb Meter von mir entfernt. Er wollte auf mich zuspringen, aber meine Taschenlampe flog schon durch die Luft. Bei der kurzen Entfernung reichte eine lockere Handgelenkbewegung aus. Sie schlug genau auf seinem Nasenbein auf, das bedenklich knackte. Volltreffer! Wenige Zentimeter tiefer, und neuer Zahnersatz wäre bei ihm fällig gewesen. Insofern konnte er sich bei mir für meine Güte bedanken. Das andere Ende der Lampe, landete unterhalb seines Auges. Auch hier hatte er Glück, sonst wäre er vielleicht halbblind geworden. Er brüllte laut auf, ließ sein Messer fallen, und hielt mit der einen Hand, seine – jetzt – krumme Nase, und mit der anderen, den blutenden Hautfetzen, der sich unterhalb seines Auges gelöst hatte. Der Schmerz war anscheinend so groß, dass ihm sogar Tränen in die Augen schossen. Ich musste sofort nachfassen, um ihm den entscheidenden Haken zu verpassen, hatte aber den kleinen Dicken unterschätzt. Obwohl er noch am Boden lag, hatte er etwas aus seiner Segeltuchtasche genommen. Ein Gerät, das viele als Elektroschocker kennen, und selbst die Polizei nur in Ausnahmefällen einsetzen darf. Bevor ich ihm einen Fußtritt verpassen konnte, spürte ich schon den elektrischen Schlag, den er gegen mein rechtes Schienbein setzte. Der Schmerz war grausam. Vor zehn Jahren hatte ich „versehentlich" mal bei einer Wanderung an einen Elektrozaun gefasst, aber gegen diesen Stromschlag jetzt, war das damals wirklich eine Lappalie. Ich hatte das Gefühl, als ob jemand mit einem Hammer mehrfach auf meinen Körper eingeschlagen hatte, gleichzeitig vibrierte mein ganzer Körper, als wäre ich in einen riesigen Mixer geraten. Mein Gestell wurde sekundenlang durchgeschüttelt, dann war ich wie gelähmt. Das nutzen die beiden bestimmt zur Flucht, dachte ich. Aber während ich zusammengekrümmt auf die Knie fiel, massierten sie sich ihre schmerzenden Stellen und gingen in mein Bad. Wahrscheinlich wollten sie sich ihre Wunden abkühlen und auf die Schnelle verarzten.

Einer sagte zum anderen irgendwas, ich konnte aber nicht verstehen, was. Der Stromschlag hatte meine Sinne getrübt. Mein Blick war verschleiert und mein Gehör nahm nur noch gedämpfte Laute war. Sie hätten mir jetzt den

Rest geben können. Zusammentreten oder abschlachten, aber sie taten es – Gott sei Dank – nicht, warum auch immer. Stattdessen gingen sie in mein kleines Arbeitszimmer und machten sich an meinem Laptop zu schaffen.

Sie wollten nicht mein Leben auslöschen, ihr Ziel musste ganz was anderes sein. Irgendwelche Daten oder Informationen, wahrscheinlich wusste ich über irgendwas zu viel. Auf meine Festplatte konnten sie aber nicht zugreifen, weil sie mein Passwort nicht wussten, um Windows starten zu können. Hoffentlich folterten sie mich nicht deshalb, denn ich war festentschlossen, es ihnen nicht zu sagen.

Während ich mich immer noch am Boden vor Schmerzen krümmte, nahm ich verschleiert wahr, wie sie wieder in meine Richtung liefen. Mit größter Anstrengung hob ich etwas den Kopf. Sie standen jetzt direkt vor mir, einer hatte ein Tuch auf seine blutende Wunde gepresst. Anscheinend nahm mir der Typ seine Wunde übel, denn er holte mit seinem rechten Fuß aus und verpasste mir einen Tritt gegen den Hinterkopf. Erstaunlicherweise merkte ich den Tritt kaum, weil mein Körper nahezu taub war. Trotzdem reichte es aus, dass alle meine Lichter ausgingen. Ich kippte zur Seite, sah kurzzeitig noch ein paar Sterne explodieren, dann wurde alles Schwarz um mich.

6

Dienstagvormittag, Gut Hochreute

Bestürzung herrschte unter den Buddhisten-Anhängern.

Wie ein Lauffeuer hatte sich im ganzen Camp herumge-sprochen, dass es einen tragischen Todesfall gegeben hatte. Und das ausgerechnet am ersten Abend, während des Vortrages des altehrwürdigen „Lama Ole Nystadt", der erst kurz vor Beendigung seiner Rede von dem tragischen Un-glück erfahren hatte. Um 22.15 Uhr – wenige Minuten vor Ende des Vortrages – stand seine sichtlich gerührte Frau neben ihm und klatschte euphorisch mit. Genau in diesem Augenblick beugte sich ein Mitarbeiter der Verwaltung an ihr Ohr, und teilte ihr die traurige Nachricht mit. Kurz da-rauf, als ihr Mann zwischen einer Redepause einen Schluck Wasser trank, gab sie ihm die Nachricht weiter. Nydahls gute Laune war wie weggeblasen, und er gab die Nachricht mit stockender Stimme übers Mikrophon durch. Die fröh-lichen Gesichter der Menge verwandelten sich in tiefe Trau-er und Fassungslosigkeit. Unter den tausend Zuhörern her-rschte Stille, wie auf einer Beerdigung. Wenige Minuten später wurde die Veranstaltung dann für beendet erklärt. Zuvor gab es für den Toten noch ein kurzes Gebet, das Ole Nydahl leise sang, und alle in Schockstarre mitsummten.

Katja, Silvana und Andy hatten eine unruhige Nacht hinter sich, die ihnen kaum eine Stunde Schlaf brachte. Zu tief saß der Schock und die Trauer.

Warum war Markus den Hang hinuntergestürzt?

Warum hatte er keinen Schrei von sich gegeben?

Warum sah ihn keiner?

Warum ausgerechnet er?

Beim Frühstück im Kantinenzelt, versuchten mehrere Buddhisten, Katja Trost zu spenden.

„Sollen wir die Veranstaltung abbrechen und nach Hause fahren?", fragte Andy die Frauen am Tisch.

Katja sah ihm ins Gesicht. „Auf keinen Fall, Markus hätte das sicher nicht gewollt. Wir machen weiter, wie geplant. Nur so kann ich es besser verarbeiten."

„Gut, wie du meinst, Katja", erwiderte Silvana.

Sie aßen schweigend zu Ende. Als sie zur ersten Meditation aufbrechen wollten, die im Nebenzelt stattfand, standen auf einmal zwei Polizisten im Zelt, die sich zu ihnen durchfragten.

Es waren zwei uniformierte Beamte der Polizeiinspektion Immenstadt, die vor ihrem Tisch stehenblieben.

„Guten Morgen. Ist eine von Ihnen, Katja Studer?", fragte der Ältere von beiden, ein grauhaariger Endvierziger, mit drahtiger Figur und Brille. Sein Kollege war zwanzig Jahre jünger und strohblond.

„Guten Morgen, die Herren. Ja, das bin ich. Kommen Sie, aufgrund des Unfalls?", erwiderte Katja mit rotgeränderten Augen.

„Mein Name ist Blum, das ist mein Kollege Seifert", entgegnete der Ältere der beiden. „Mein Kollege Seifert und ich, müssen Ihnen leider noch ein paar Fragen stellen. Ihr Mann …"

„Freund", unterbrach ihn Katja.

„…Ihr Freund wird heute von der Rechtsmedizin untersucht", ergänzte er.

„Setzen Sie sich doch, meine Herren", sagte Andy, wohlwissend, dass sie dadurch die Meditation verpassen würden. Aber die hatte momentan keine große Bedeutung.

Die Polizisten setzen sich neben sie. Sie saßen auf einer der vielen typischen Bierzeltgarnituren, die vorwiegend in den Zelten aufgestellt waren, damit die vielen Teilnehmer auch alle einen Platz fanden. Nur in den Vortragszelten gab es eine komfortablere Bestuhlung.

„Woher wissen Sie überhaupt, wie ich heiße?", fragt Katja.

„Von der Registrierungsstelle hier, seit einer halben Stunde, als wir nach Ihnen fragten. Wir müssen dem Unfall ja schließlich auf den Grund gehen, auch die nächsten Angehörigen müssen verständigt werden. Wohnen seine Eltern auch in Innsbruck, Frau Studer?" Blum kratzte sich am unrasierten Kinn und holte einen mickrigen Notizblock aus seiner Brusttasche. Sein blonder Kollege sah alle prüfend an. Woher die Freunde kamen, wusste er von der Anmeldung, die alle Personalien und Adressen der Camp-Teilnehmer aufgenommen hatten.

„Nein, Markus war kein Österreicher. Er stammt hier aus dem Ostallgäu. Roßhaupten heißt sein Geburtsort, das liegt unweit von Füssen am Forggensee. Seine Eltern sind geschieden, aber seine Mutter wohnt noch dort, sein Vater in der Nähe von Augsburg. Er hat noch einen jüngeren Bruder, Tobias heißt er, der studiert in Heidelberg." Sie sagte es vollkommen emotionslos und starrte dabei auf den gedeckten Holztisch.

„Und, wenn ich fragen darf, wo haben Sie sich kennengelernt?"

„Hier, auf Gut Hochreute, vor genau vier Jahren. Vor zwei Jahren ist er dann zu mir nach Innsbruck gezogen, weil er bei uns einen gutbezahlten Job im städtischen Krankenhaus bekommen hat."

„Ist er Arzt?", schaltete sich Seifert ein.

„Nein, Krankenpfleger. Zuvor hat er im Krankenhaus in Füssen gearbeitet."

„Glauben Sie, es war kein Unfall?", fragte auf einmal Andy dazwischen.

„Mysteriös ist die Sache schon ein bisschen", erwiderte Seifert. „Wir haben uns die vermeintliche Unfallstelle vorhin mal genauer angesehen. Merkwürdig, das er ausgerechnet dorthin ist."

„Warum?", fragte Silvana mit hochgezogener Stirn. „Er hat doch nur einen guten Platz zum Fotografieren gesucht."

„Das war aber alles andere als ein guter Platz", antwortete Seifert kritisch. „Sie sind doch gestern bei der Suche auch in dem Gelände unterwegs gewesen. Dort wo er war, läuft normal kein Mensch, das springen höchstens Tiere rum. Da ist kein Wanderweg, und auch zum Fotografieren ist der

Platz sehr ungeeignet. Steil, unwegsam, und viele Bäume, die eigentlich nur im Weg sind."

Katja spürte, wie ihr Blutdruck stieg. „Wollen Sie damit vielleicht irgendetwas Bestimmtes andeuten?"

Blum spielte an seinem Kugelschreiber und klopfte dann damit auf den Tisch. „Hören Sie, Frau Studer. Wir sind hier, um einen Unfallhergang zu rekonstruieren. Dazu zählt, dass man alle möglichen Varianten in Betracht zieht. Oder, wollen Sie vielleicht, dass wir nur „Unfall ohne Begründung" in den Akten vermerken? Es war ihr Partner, wir können auch aufhören, und dann nimmt ihr ehemaliger Lebensgefährte den Grund halt mit ins Grab. Wollen Sie das?"

„Nein, natürlich nicht", gab Katja kleinlaut bei. „Verzeihen Sie bitte, meine Herren. Aber, ich weiß selbst nicht, was ich davon halten soll." Dann vergrub sie ihr Gesicht in den Händen und schluchzte.

„Wir können die Unterredung gern zu einem anderen Zeitpunkt fortführen", meinte Blum mit ruhiger, leiser Stimme.

Katja wischte sich die Tränen ab und sah ihn an. „Nein, es geht schon wieder, fragen Sie ruhig weiter. Ich hab mir die ganze Nacht den Kopf zermartert nach dem W A R U M?"

„Okay", begann Blum wieder kämpferisch. „Nehmen Sie es mir nicht übel, aber ich muss Ihnen jetzt die Frage stellen: War ihr Freund gesund?"

„Na…tür…lich", stotterte sie. „Ihm hat nichts gefehlt, außer, er hätte mir was verschwiegen."

Der blonde Seifert legte nach: „Mein Kollege meinte damit,

ob ihr Partner, sowohl physisch wie auch psychisch, gesund war? Hatte er mal Depressionen, Burnout oder ähnliches, wo Ihnen an ihm auffiel?"

Sie sah ihn entgeistert an. „Nein, ganz bestimmt nicht! Er war absolut in Ordnung. Beruflich war alles okay, und wir waren sehr glücklich. Wir haben sogar schon von Heirat und Kinderkriegen gesprochen. Also, wenn Sie Selbstmord in Erwägung ziehen, sind Sie absolut auf dem Holzweg."

„Gut", meinte Blum, und machte eine Notiz auf seinem Zettel. „Ist euch vielleicht gestern noch irgendwas Besonderes aufgefallen? Trieb sich sonst jemand bei euch in der Nähe rum, den ihr nicht kanntet? Oder ist euch vielleicht beim Suchen jemand über den Weg gelaufen?"

„Ja", erwiderte Silvana sofort, „da war ein Mann!"

„Was für ein Mann?", fragte Seifert. „Ein Buddhist, oder ein Wanderer?"

„Keine Ahnung, hier springt ja niemand mit Kutte rum. Wir fragten ihn, ob er Markus vielleicht gesehen hat. Er war vermutlich hinter einem Baum beim pinkeln."

„Und, was hat er geantwortet?"

„Er hat Markus nicht gesehen", antwortete Silvana, „aber er wollte uns beim Suchen helfen, was wir dankend ablehnten. Nicht, dass wir auf seine Hilfe verzichten wollten, aber das war erst fünf Minuten später, nachdem wir selbst erst mit dem Suchen angefangen hatten. Da dachten wir noch, Markus taucht jeden Moment wieder auf."

Blum und Seifert sahen sich einige Sekunden an. „Würdet

ihr den Mann wiedererkennen?", fragte Blum. „Habt ihr ihn nochmals gesehen? Ist er hier unter den Jüngern ... äh... den Buddhisten? Welchen Dialekt sprach er?"

„Er war groß und schlank", antwortete Andy.

„Er trug einen Strohhut und sprach bayerisch", ergänzte Silvana. „Oder war das doch Allgäuer Dialekt? Ich bin mir nicht so sicher, die haben hier so einen komischen schwäbischen Allgäuer Dialekt, mit etwas bayerischem Einschlag."

„Habt ihr das Gesicht gesehen?", fragte Seifert.

Alle sahen sich gegenseitig an und schüttelten den Kopf. „Er hatte einen Strohhut auf, aber das Haar war dunkel, glaube ich", meinte Andy.

„Tja, das ist äußerst dürftig", meinte Blum ärgerlich.

„Glauben Sie, dieser Mann könnte mit dem Unfall von Markus was zu tun haben?", fragte Katja.

„Glauben Sie mir, junge Frau", knurrte Blum. „ich bin jetzt seit dreißig Jahren im Polizeidienst. Bevor ich nach Immenstadt kam, war ich in Regensburg und München. Von Männern, die ihre zehn Monate alte Tochter missbrauchten, bis zu Typen, die aus Langeweile und Frust, jemand vors Bahngleis stießen, hab ich schon alles erlebt. Ich halte generell alles für möglich, alles! Das heißt: wir sollten den Typen ausfindig machen, den ihr da gesehen habt. Warum sollte sich, auch hier in der beschaulichen Allgäuer Provinz, nicht auch ein Gestörter befinden?"

7

Dienstagvormittag, Kempten

„Wie geht`s Ihnen jetzt, Paul?"

Der Mann, der mir um neun Uhr morgens, diese Frage stellte, war Arzt im Ruhestand. Doktor Hiddler, der ehemalige Hausarzt von Peter Kelly aus Hintersee, mittlerweile wohnhaft in Durach. Wir saßen seit einigen Minuten auf meiner sonnigen Penthouse-Terrasse. Bernd Hiddler stand kurz vor seinem siebzigsten Lebensjahr, und hatte seine Praxistätigkeit vor einem Jahr beendet. Da der kleine Ort Hintersee im Aussterben begriffen war, gab es auch keinen Nachfolger für ihn. Landarzt-Mangel gab es auch im Allgäu, wie in vielen anderen ländlichen Provinzen der Republik.

Der Hauptgrund seines Wohnortwechsel, war aber ein anderer: seine – damals – fünfzehn Jahre jüngere Ehefrau Carmen, pflegte mehrere Jahre ein Verhältnis zum Kurdirektor von Bad Hindelang, Max Billmeier. Erst vor zehn Monaten gestand sie ihm die Affäre, dabei hatte er sich schon seit Jahren gewundert, warum sie überhaupt keinen Bock auf Sex mehr mit ihm hatte. In Durach fand er – trotz Wohnungsnot – , ziemlich schnell eine neue Dreizimmerwohnung mit großer Terrasse und Bergblick. Durach ist eine stark wachsende Gemeinde, nur drei Kilometer von der Allgäu-Metropole Kempten entfernt.

Bernd Hiddler war auch mehrfach beim Prozess gegen Kelly als Zeuge geladen gewesen, schließlich kannte er ihn seit seiner Kindheit, genauso wie seine Eltern und seine verstorbene Frau Julia, dessen Tod, Peter Kelly stark aus der Bahn geworfen hatte.

Ich und Peter, waren mit Hiddler – in väterlicher Art und Weise – gute Freunde geworden. Weil ich die ganze Nacht mit den Nachwirkungen des „Taser" zu kämpfen hatte – in Form von Schmerzen und Übelkeit – hatte ich ihn frühmorgens um sieben aus dem Bett geläutet. Auf einen Anruf bei einem Arzt oder der Polizei, hatte ich bewusst verzichtet.

Seit acht Uhr war er jetzt bei mir, und hatte mir nach kurzer Visite, zuallererst eine Spritze in den Hintern gejagt. Und die wirkte.

„Ihre Spritze hat Wunder gewirkt, Doc. Hätte nie gedacht, das mich ein Elektroschocker, so aus der Bahn werfen könnte."

„Sie können von Glück sagen, dass sie keine Herzprobleme haben, Paul, sonst hätte ich jetzt vielleicht ihren Totenschein ausgestellt", entgegnete er lächelnd.

Doktor Hiddler war bekannt für seinen Galgenhumor, aber er war wirklich ein herzensguter Mensch. Er hatte eine gewisse Ähnlichkeit mit dem früheren SPD-Vorsitzenden Franz Müntefering. „Paul, haben Sie schon eine Vermutung, wer das gewesen sein könnte?"

„Nicht die Bohne, wahrscheinlich war ich nur ein Zufallsopfer. Ich meine, es ist ja weit und breit bekannt, dass in der Bahnhofstrasse 44, außer den Arztpraxen, vorwiegend die Bessersituierten hausen. Und die sind immer erste Wahl bei den Einbrechern."

„Wurde etwas gestohlen?"

„Zuerst dachte ich, nein. Aber kurz bevor sie kamen, fiel mir auf, das meine Speichersticks weg sind, die neben meinem Laptop lagen. Sonst fehlt nichts. Bargeld hab ich eh kaum hier, und meine Kredit- und EC-Karte liegen – hoffentlich – noch im Handschuhfach meines Wagens."

„Dann waren Sie aber bestimmt kein Zufallsopfer, Paul. Jemand war gezielt auf Informationen aus, sonst hätten die bestimmt nicht diese Sticks mit. Haben Sie zurzeit einen besonderen Fall, in Ausübung Ihres Berufes als Detektiv?"

„Nein, leider nicht. Ich wüsste nicht, was es für brisante Informationen bei mir geben könnte", log ich.

Hiddler legte seine fleckige Stirn in Falten. Er hatte volles weißgraues Haar, das er aber anthrazit gefärbt hatte, und eine drahtige Figur, von eins achtzig. Nur an seiner wettergegerbten Haut mit den vielen Furchen, erahnte man sein wahres Alter. Weil Hiddler in Durach noch niemanden kannte, trainierte er seit vier Monaten in einem topmodernen Fitnessstudio, wahrscheinlich auch in der Hoffnung, wieder eine weibliche Bekanntschaft zu finden.

„Was treibt denn Peter Kelly? Ich hab euch gestern gemeinsam aus dem Gerichtssaal gehen sehen."

„Wir waren im Anschluss noch einige Stunden am Niedersonthofener See und haben im Geratser Hof gegessen. Da hat er mir seine Planungen für die nächsten 14 Tage offenbart."

„Und die wären?"

„Sie werden es nicht glauben, er will unter die Buddhisten gehen. Ich hab ihn gar nicht gefragt, ob er schon beigetreten ist, oder ob er das auf Gut Hochreute macht."

„Paul, jetzt würde ich endlich mal vorschlagen, dass wir uns duzen, schließlich kennen wir uns schon seit vielen Jahren. Außerdem bin ich Arzt a. D, da brauchst du nicht mehr so förmlich sein, okay? „Gut Hochreute"? Wo liegt denn das überhaupt?"

„Das ist ein ehemaliges, denkmalgeschütztes Privatanwesen, oberhalb des Großen Alpsees. Das wurde viele Jahre nicht mehr genutzt, bis es die Buddhisten vor zehn Jahren kauften. Dann machten sie daraus das „Europe-Center". Seitdem treffen sich jedes Jahr zur selben Zeit, tausende von Buddhisten aus der ganzen Welt, und meditieren oder machen weiß Gott was."

Dr. Hiddler lächelte. „Peter überrascht mich immer wieder. Aber über die Buddhisten hört man eigentlich nur Gutes, nur bei den Chinesen gibt es – glaube ich – einige Gegner. Aber das sind ja meistens nur die Religions-Fanatiker oder die kommunistische Regierung. Hast du ihn hingefahren?"

„Nein, das wollte er nicht. Er fuhr mit dem Zug von Oberdorf bis Immenstadt. Von dort fahren regelmäßig Shuttle-Busse zu dem Anwesen. Anscheinend hat er dort schon seit Wochen ein Zimmer reserviert. Die meisten übernachten im Zelt, aber einige wenige, können auch komfortabler nächtigen, gegen Aufpreis natürlich. Willst du Kaffee, Doc, äh…Bernd?"

Bisher hatte der gute Mann nur einen frischgepressten Orangensaft getrunken, den ich ihm mit meinem Entsafter gemacht hatte.

„Gute Idee. Gegen einen Espresso hätt ich nichts einzuwenden. Bitte ohne Milch und Zucker."

Ich lief in die Küche zu meinem Kaffee-Vollautomaten und machte ihm einen. Danach bereitete ich mir noch einen Cappuccino zu, und lief mit den Tassen in der Hand auf meine Terrasse. Nachdem die Spritze gewirkt hatte, verließen wir das Wohnzimmer – wo ich auf der Couch lag – und saßen seit einer Viertelstunde, auf meinen gepolsterten Gartensesseln, unter einem riesigen Sonnenschirm. Meine Terrasse bot im 2. Stock einen gigantischen Ausblick, und war größer als so manche Zweizimmerwohnung, nämlich stolze achtzig Quadratmeter.

„Das Buddhisten-Treffen wird ihm guttun", meinte Hiddler nach einem Schluck. „Das bringt ihn hoffentlich wieder auf positive Gedanken und an das Gute in unserer betrüblichen Welt. Willst du ihn die nächsten Tage besuchen, Paul?"

Ich warf zwei Würfel Zucker in meinen Cappuccino. „Spontan, wenn das Wetter mitspielt, eventuell am Freitag. Dann verbinde ich es mit einem Badeausflug am Alpsee, obwohl dort bestimmt die Hölle los sein wird. Aber das ist bei uns im Allgäu ja häufig so. Du könntest ja mitgehen, Bernd? Er freut sich bestimmt, dich außerhalb des Gerichtssaales wiederzusehen."

Er grübelte und trank seine Tasse mit einem Zug aus. „Warum eigentlich nicht? Ich hab jetzt viel Freizeit und nichts Besonderes vor. Wir telefonieren einfach mal in den achtundvierzig Stunden."

Mein Samsung-Smartphone piepste. Der Klingelton ließ auf eine WhatsApp-Nachricht schließen. Ich wischte über den

Bildschirm und zog die Augenbrauen hoch, nachdem ich die Nachricht gelesen hatte. Hoffentlich bemerkte Hiddler meinen erhöhten Blutdruck nicht. Ich wusste nicht, ob ich ihm die Nachricht vorlesen sollte, oder nur so zu tun, als wäre sie unbedeutend.

Ich entschied mich für letzteres.

8

Dienstagvormittag, Gut Hochreute

Steffi Weixler entdeckte beim Frühstück Selina Jörg wieder, nachdem sie gestern Abend nebeneinander gesessen hatten.

„Und, hat dir der Vortrag gefallen, Steffi?" Im Anschluss des Vortrages von Lama Ole, hatten sie sich noch auf ein Glas Wein verabredet und etwas angefreundet.

„Tja, es geht. Im Endeffekt hat er das Gleiche erzählt wie letztes Jahr, also im Grunde nichts Neues. Nächstes Jahr schau ich`s mir nicht mehr an, zumal ich 15 Euro Eintritt, schon etwas unverschämt fand."

Selina Jörg war 27 Jahre alt und Medizinstudentin aus Freiburg. In spätestens zwei Jahren, wollte sie als Zahnärztin in der Praxis ihres Onkels arbeiten. Ihr Onkel hatte die größte Praxis in der Breisgauer Stadt, mit 35 Mitarbeitern, davon allein fünf Zahnärzte, wobei einer von ihnen, in spätestens zwei Jahren, in den Ruhestand gehen wollte. Somit war Platz für sie, hoffte sie. Ihr Onkel hatte ihr hoch und heilig versprochen, dass sie bei ihm anfangen konnte, wenn sie das Studium erfolgreich abgeschlossen hatte. Sie war nicht nur intelligent, sondern auch attraktiv. Gelocktes blondes Haar, gertenschlank, und auch ohne Make-up, ein bildhübsches Gesicht.

Steffi beneidete sie darum. Sie war eher ein graues Mäuschen; Vollschlank, rotbraunes Haar, das blasse Gesicht übersät mit Sommersprossen. Auf der leicht krummen Nase, trug sie eine blaue Brille mit leichter Tönung. Sie hatte mit 28 Jahren noch nie einen festen Freund gehabt, was sie anderen gegenüber aber tunlichst verschwieg.

„Tja, ich muss dir ehrlich sagen, Selina, so vom ersten Eindruck her: Dieser Buddhismus ist zwar ganz schön, aber jeden Tag immer nur Meditieren und tiefschürfende Gespräche führen, ist mir zu monoton. Ich bin froh, dass ich am Freitag wieder abhaue. Ich werde dann noch eine gute Freundin in Wangen besuchen. Bleibst du die ganzen 14 Tage hier?"

„Mir bleibt wahrscheinlich nichts anderes übrig, ich bin mit meinem Bruder und seinem Freund hier. Ansonsten müsste ich vorzeitig abreisen."

„Aber, du wohnst doch in Konstanz, das ist ja keine Weltreise. Da gibt's doch bestimmt gute Zugverbindungen ab Lindau."

„Ja, gut, aber ich warte jetzt erstmal ab, dann entscheide ich mich kurzfristig. Das mit dem Unfall gestern, hat mich ziemlich geschockt, einfach unfassbar. Bewundernswert, das die Freunde des Verunglückten trotzdem weiter hierbleiben, und versuchen, das zu verarbeiten."

„Ja, wirklich tragisch. Eine Frage, Selina: wie ist denn heute so deine Tagesplanung?"

„Ich bin bei dem Workshop um 13 Uhr, der geht ungefähr anderthalb Stunden. Dann wollte Daniel, mein Bruder, mit mir zum Alpsee-Outlet gehen. Dort soll man super shoppen können."

„Bei der Hitze, einkaufen? Hast du keine Lust mit zum Baden zugehen?"

„An welchen Platz?", fragte Selina stirnrunzelnd.

„Na, gleich, wenn wir unten an der Hauptstraße nach hundert Meter übers Bahngleis laufen, dann noch ungefähr zweihundert Meter östlich, dann sind wir an der Herzwiese."

Selina zuckte mit den Schultern. „Sagt mir nichts, ist es da besonders schön?"

„Schön ruhig und idyllisch. Und FKK! Hättest du damit ein Problem, Selina?"

„FKK? Bisher war ich nur oben ohne. Aber warum nicht, ich geh ja auch in die gemischte Sauna."

„Ich war gestern, bevor ich hier hoch bin, schon mal unten, nur angesehen, nicht gelegen. Ist wirklich schön, aber wenn jemand dabei ist, ist mir schon wohler."

„Okay, machen wir, Steffi, schon überredet. Ich sag`s nur meinem Bruder und seinem Kumpel Michael. Hoffentlich wollen die dann nicht auch noch mit."

„Warum nicht? Dann haben wir doch gleich zwei männliche Beschützer und werden nicht angebaggert."

Selina nickte nur, obwohl sie gegen einen attraktiven Adonis nichts einzuwenden hätte. „Gut, also dann Viertel vor drei am Eingangsbereich, da, wo die Autos parken."

***

14.45 Uhr standen beide am vereinbarten Platz.

Selina trug ein superkurzes Kleid im Blümchendesign und Zehenlatschen. Außer einem Strohhut im „Mexican Style" und einer Sonnenbrille, hatte sie auf alles weitere verzichtet. Steffi trug eine knielange Jeans-Short und ein rotes Poloshirt. An den Füßen hatte sie sich für robuste Outdoor-Sandalen entschieden, mit denen sie auch ins Wasser gehen konnte, falls es sehr steinig war.

„Also, die beiden Jungs kommen mit, Steffi. Leider. Ich konnte es ihnen nicht mehr ausreden, zumal die nächsten Tage, das Wetter wechselhafter werden soll. Sie müssten gleich kommen, aber wir können schon mal loslaufen, die holen uns sowieso gleich ein."

„Gut, Selina. Let`s go."

Sie liefen gemütlich die Fahrstraße hinunter, die zum Gut führte. Sie war vor fünf Jahren verbreitert und geteert worden war, damit Zulieferer und Baufirmen besser die Serpentinen mit 15 Prozent Steigung hochkamen. Bevor sie unten an der Kreuzung ankamen, die rechts zum Radweg und geradeaus über den Bahnübergang führte, wurden sie von den beiden Männern eingeholt.

Steffi war beruhigt, als sie sie sah; Daniel – Selinas Bruder – war ähnlich attraktiv und schlank wie seine zwei Jahre ältere Schwester, aber Michael war genauso „propper" wie sie. Er hatte bei 175 Zentimeter Körpergröße, bestimmt um die neunzig Kilo, was sich vor allem an seinem Bauchumfang bemerkbar machte. Die beiden machten sich mit Steffi bekannt und gaben ihr artig die Hände.

Die „Herzwiese" ist seit über einem halben Jahrhundert ein beliebter Platz für Anhänger der Freikörperkultur. Die Nudisten setzten sich nach anfänglichen Widerständen, Ende der Sechziger, auch im Allgäu durch, als die Alt-68er, die Prüderie auflockerten in Deutschland. Seitdem kamen viele Nudisten, bis aus einem Radius von fünfzig Kilometer nach Immenstadt. Außer in Immenstadt, gab es nur noch in Buchenberg-Eschach, einen weiteren (offiziellen) FKK-Platz im Oberallgäu.

Dementsprechend war der Platz genagelt voll als die vier ankamen, und sich nach einem schattigen Plätzchen umsahen. Keiner von ihnen hatte einen Sonnenschirm dabei.

„Das gefällt mir aber weniger, Steffi", meinte Selina beim Anblick der vielen Nackten, die fast Handtuch auf Handtuch lagen. „Ich hab keine Lust hier so eingepfercht unter den vielen Leuten zu liegen, zumal es so gut wie keine schattigen Plätze gibt."

„Steffi hat recht, das ist alles andere als appetitlich", pflichtete ihr Michael bei. „Ich hab zwar Sonnenmilch dabei, aber da holen wir uns trotzdem auf die Schnelle einen Sonnenbrand."

„Was schlagt ihr vor?" fragte Steffi. „Wenn wir ungefähr einen halben Kilometer Richtung Hauptpromenade vorlaufen, kommt das Strandbad Hauser, da ist bestimmt weniger los, weil es Eintritt kostet."

„Lasst uns doch hier in der Nähe bleiben", meinte Michael, der den Uferbereich musterte. „Da, vorn, links vom FKK-Platz, da ist doch noch genügend Platz, da liegen kaum Leute." Er zeigte mit seiner Hand auf einen großen Grünstreifen mit einigen Büschen und Bäumen in Ufernähe, circa hundertfünfzig Meter von der Herzwiese entfernt.

„Stimmt, aber dort sind die Wiesen etwas sumpfig und demzufolge auch sehr feucht", erwiderte Steffi. Sie wusste es, weil sie sonntags schon den Platz unter die Lupe genommen hatte, als sie vom Bahnhof kommend, den Uferstreifen nach Trieblings entlanggeradelt war.

„Egal, kommt. Gehen wir da hin" meinte Daniel. „Ich hab sowohl eine wasserdichte Abdeckplane dabei, als auch eine Thermodecke mit wasserdichter Unterseite. Das reicht für uns doch locker. Lasst uns da drüben zu den schattigen Plätzen unter die zwei Bäume liegen, da ist keiner."

„Überredet", gab Steffi kleinlaut bei und alle nickten zustimmend."

Beim Gang durch die Wiese, spürten sie den feuchten, moosigen Boden, der trotz der Dauerhitze schmatzte, als sie drüber liefen. Kurz darauf breitete Daniel seine etwa drei auf zweieinhalb Meter große Plane aus, die er zusammengerollt in seiner Segeltuchtasche hatte. Sie bot genügend Fläche, sodass alle vier ihre Handtücher dort ablegen konnten. Dann legte er noch seine bunt gemusterte Thermodecke daneben. „Für zwei Stunden sonnen und schwimmen reicht`s doch, oder?", fragte er in die Runde.

Alle nickten und zogen sich aus. Steffi sah überrascht zu, wie sich alle zügig ganz nackt auszogen, wahrscheinlich wollten sie deshalb nicht zum Strandbad, weil sie gar keine Badebekleidung mitgenommen hatten. Sie hatte immerhin für alle Notfälle ihren Bikini dabei, auf den sie jetzt natürlich auch verzichtete. Selina hätte ihrer Meinung nach – auch privat – überhaupt keinen BH nötig. Ihre Brüste waren so klein, dass sich nur eine leichte Wölbung abzeichnete, mit rosafarbenen, kleinen Warzen darauf. Ihre Scham war komplett rasiert. Auf ihrer leicht gebräunten Haut, leuchteten die hellen Hautflächen wie Schnee, wo sich normalerweise ihr Slip und BH befand. Bei Steffi war durch ihre Fülle ihres Körpers, das genaue Gegenteil der Fall. Ihre großen Brüste hingen schlaff wie übergroße Birnen nach unten und schauckelten, als sie ihren BH ablegte. Nur gab es bei ihr keine weißen Streifen, da sie im Lady-Fit in Augsburg, häufiger auf der Sonnenbank lag. Aus den Augenwinkeln sah sie, dass der Umgang mit nackter Haut – zumindest für Michael – noch Neuland war. Als er die nackte Steffi sah, richtete sich sein kleiner Penis im Nu auf, und stand zum stahlblauen Himmel empor. Peinlich berührt setzte er sich in Windeseile hin, und versuchte mit seinen Händen sein bestes Stück abzuschirmen.

Grinsend sah es auch Selina, und versuchte ihn mit einer Frage wieder von seiner Erektion zu befreien. „Du, Michael, gibst du mir bitte mal deine Sonnenmilch, sonst bin ich in einer halben Stunde krebsrot?"

„Äh, ja…natürlich." Er kramte in seinem Rucksack und reichte ihr eine orangefarbene Tube in die Hand.

„Danke. Gott sei Dank, LSF 30. Das gibt bestimmt keinen Brand", meinte sie. Interessiert betrachtete sie auch ihren jüngeren Bruder, den sie zuletzt als 10-jährigen nackt sah, als sie auf ihn abends aufpassen musste. Er hatte einen voll durchtrainierten Körper, ohne eine Gramm Fett, und gut definierte Muskulatur. Sein schlaffer Penis war deutlich größer als der seines Freundes mit Erektion. Neidvoll stellte dies auch Michael mit einem verschämten Blick fest.

„Wer geht mit ins Wasser?", fragte Steffi und stand abrupt auf. Ihre großen Brüste schaukelten wie Segeltücher bei starkem Wind.

„Ich", antwortete Daniel und stand ebenfalls auf.

„Geht schon mal rein, ich komm auch gleich nach", meinte Selina. „Ich sende meiner Freundin Isabell noch schnell eine Nachricht, und creme mich dann danach noch ein. Im Wasser kriegt man schneller Sonnenbrand als an Land."

Die beiden liefen fünf Meter, bis sie am U-förmigen Strandabschnitt waren. Die kleine Minibucht war ideal, um sanft auf sandigem Terrain ins Wasser zu laufen. Während Steffi langsam und bedächtig das Wasser auf seine Temperatur testete, hechtete sich Daniel auf Hüfthöhe sofort ins kühle Nass. Er kraulte zehn Meter und sah dann Steffi zu, die es jetzt bis auf Brustwarzenhöhe geschafft hatte. „Komm, endlich, Steffi. Das Wasser ist herrlich und hat mindestens 25 Grad, fast schon wie in der Badewanne.

Steffi breitete ihre Arme wie Flügel aus und stieß mit einem Schwimmzug ins Wasser hinein. „Brrr…,"sagte sie nur, um kurz darauf zu bestätigen; „Lauwarm, stimmt. Wärmer als der Gardasee vor drei Wochen. Herrlich." Auch um ihre Scham verspürte sie ein angenehmes Kribbeln als sie langsam auf Daniel zu schwamm. Sie war sich nicht sicher, ob es vom Nacktschwimmen kam, oder ob sein gutgebauter Body sie womöglich erregt hatte.

„Lass uns zu den Kanus beim Fischereiverein schwimmen, Steffi", keuchte Daniel. „Das sind höchstens hundertfünfzig

Meter."

„Kein Problem", erwiderte sie. „Schwimmen kann ich wie ein Fisch."

Brustschwimmend legten sie die Strecke im Nu zurück. Trotz des traumhaften Wetters waren nur wenige im Wasser und schwammen. Auf der Nordseite sahen sie die „Loretto", ein Segelschiff, das im Piratenlook die Touristen stündlich rund um den Alpsee chauffierte. Vor allem für Familien mit kleineren Kindern ein Highlight.

Am Fischereihafen waren zehn alte Boote angetaut, aber kein Mensch war zu entdecken.

„Ich kann wieder stehen, Steffi. Komm hierher." Daniel war zwischen zwei Kanus geschwommen, und das Wasser stand ihm bis auf Bauchnabelhöhe. Sie schwamm zu ihm. Er überragte sie um einen halben Kopf, als sie vierzig Zentimeter vor ihm aufrecht stand. Ihre schlauchförmigen Hängebrüste streiften mit den dunklen Warzen das lauwarme Wasser, was ihr wieder ein angenehmes Kribbeln zwischen den Beinen bescherte. „Glaubst du nicht, Daniel, wir kriegen Probleme, wenn uns jemand hier sieht? Wir sind hier auf dem Gelände des Fischereivereins hier. Da vorn die Boje, das ist, glaube ich, die Grenze, damit niemand hier reinschwimmen soll, und wir sind einfach so durch."

„Egal. Wenn uns jemand sieht oder kommt, schwimmen wir einfach davon", erwiderte er, dann kam er noch näher an sie ran. Er strich mit seiner rechten Hand über ihre linke Wange, und seine linke packte sanft ihre hängende Brust. Dann zwirbelte er ihre Brustwarze, die blitzschnell groß und fest wurde, wie auch sein Schwanz. Er legte seine Lippen auf die ihrigen. Das Kribbeln zwischen ihren Beinen nahm zu, und sie glaubte zu spüren, dass sich ihre Schamlippen plötzlich weiteten, und ihre wasserwarme Scheide noch glitschiger und heißer wurde. Dann sah sie, wie sich sein gewaltiger Penis noch mehr aufrichtete, bis er mit seiner Eichel auf Höhe ihrer Brustwarze stand.

Ungläubig sah sie erst auf seinen großen Schwanz, dann in sein Gesicht. „Mann, Daniel. Dein Hammer ist ja gigantisch, der ist ja dreimal so groß wie bei deinem Freund."

Er grinste. „Na, der hat aber auch nur ein mickriges Teil, aber das dürfen wir ihm nicht sagen, sonst ist er bestimmt gekränkt." Dann küsste er sie und rieb mit seiner Eichel an ihrer steifen Brustwarze, was noch mehr kribbeln in ihrem Unterleib verursachte. Nach einem langen, innigen Kuss nahm er seine Hand von ihrem Busen weg, und griff sanft zwischen ihre Beine.

Sie stöhnte leise auf. „Daniel, haucht sie. „Ich muss dir was gestehen."

„Du bist verheiratet?", mutmaßte er, und sah ihr dabei in die Augen.

„Nein, Quatsch. Daniel, ich will dich, aber du musst sehr vorsichtig sein, ich bin noch Jungfrau!"

„Wirklich?" Er zog seine Stirn in Falten, dann grinste er.

„Ja, ich schwör`s. Du wirst es ja vielleicht gleich merken. Du musst behutsam sein, mit deinem Riesenpimmel, nicht, das du mich verletzt. Ich hab keine Lust, mit Schmerzen in der Muschi, zum Meditieren zu gehen."

„Keine Angst, das kriegen wir schon hin." Er nahm seinen Penis mit der Hand am Schaft und ging etwas in die Knie. Dann strich er mit der Eichel über ihre Schamlippen und steckte die Eichelspitze in ihr Loch. Ganz langsam schob er sich ein Stück weiter rein. Sie stöhnte genussvoll auf. Es tat – Gott sei Dank – nicht weh. Er schob nur wenige Zentimeter seines besten Stückes im Zeitlupentempo rein und raus. Mit den Händen knetete er ihre Brüste und tastete sich wieder mit der Zunge in ihren Mund.

„Ah, tut das gut, Daniel", seufzte sie erregt. „Was hab ich nur die letzten Jahre verpasst. Steck ihn ruhig weiter rein, es ist angenehmer als erwartet."

Er packte sie an ihren Arschbacken und zog sie näher an sich heran. Dabei presste er sich immer weiter in ihren Körper rein.

„Oh, gut es reicht, ich glaub, du stößt schon an meine Gebärmutter. Mach kurze Stöße, mir vibriert schon mein Kitzler."

Immer heftiger stieß er in kurzen, harten Stößen in ihren Unterleib. Er merkte, wie sich sein Orgasmus aufbaute, es rieb fantastisch in ihrer engen Vagina.

Sie umarmte ihn ganz eng und flüsterte in sein Ohr: „Wenn es dir kommt, zieh deinen Prügel raus und ergieß dich auf meinen Titten. Ich möchte deinen spritzenden Hengstschwanz sehen!"

Er nickte nur und legte an Tempo zu. Während sich bei ihr, ein noch nie dagewesenes Gefühl von ihrer Scheide auf den ganzen Unterleib ausbreitete, zog er blitzschnell seinen zuckenden Schwanz aus ihrem Unterleib. Dann nahm er zusätzlich seine Hand zu Hilfe, und zog in atemberaubendem Tempo seine Vorhaut vor- und zurück, während sein Penis wie ein Spritzgebäck seine Ladung auf ihren Brüsten entlud. Schwer atmend wurde er immer langsamer, während sein Sperma auf ihren Brüsten hinunterlief.

„Das hätte zur Zeugung von drei Kindern gereicht", sagte sie keuchend und küsste ihn wieder. „Jetzt, lass uns aber langsam zurückschwimmen, du wilder Hengst, sonst erklären uns die beiden noch als vermisst."

Eine Minute später, nachdem sich ihr Blutdruck wieder gesenkt hatte, und Steffi sich wie im siebenten Himmel fühlte, schwammen sie zurück zu den anderen beiden. Als sie am Ufer ankamen, sahen sie nur Selina bäuchlings auf der Matte liegen. Sie döste und schrak hoch, als sie sich vor ihr aufstellten, und wie zwei nasse Pudel über ihr ausschüttelten.

„Oh, bin wohl eingepennt", sagte sie und rieb sich die Augen. „Wo ist denn Michael?"

Daniel schnappte sich ein Handtuch und rieb sich trocken. „Das müsstest du doch wissen", antwortete ihr Bruder. „Er lag doch neben dir, beziehungsweise saß, als wir vorher ins Wasser gingen."

„Er hat mir noch den Rücken eingecremt", entgegnete sie, „dann bin ich wohl eingenickt. Dachte, er wäre euch hinterhergeschwommen."

Na, das hätte mir grad noch gefehlt, wenn er sich als Spanner irgendwo hinter uns versteckt hätte, dachte sich Steffi im stillen Kämmerlein, sprach es aber nicht aus.

Selina sah auf Steffis Schambereich und holte ein Taschentuch aus ihrer Tasche. „Hier, Steffi. Für dein Löchlein, aus deiner Öffnung läuft etwas rötlicher Schleim."

Erschrocken sah sie an sich hinunter, und griff mit ihren Fingern zwischen die Schamlippen. Dann sah sie die rötliche Kuppe ihres Zeigefingers an. „Oh, Gott. Ich bekomm wohl meine Tage."

Selina grinste und griff wieder in ihre Tasche. „Nimm, und steck es rein." Sie reichte ihr ein Tampon.

Selina führte es ein und meinte: „Du denkst aber auch wirklich an alles, nur den Michael hast du aus den Augen verloren." Sie bemerkte, dass circa zehn Meter hinter ihnen, ein Mann lag, der zuvor noch nicht da war. Ein auf den ersten Blick, attraktiver Typ, mit großer „Ray Bean"-Sonnenbrille im Gesicht und tief in die Stirn gezogenen Strohhut. Er war aber nicht ganz nackt, sondern trug eine lilafarbene Boxershort. Kein Wunder, das Selina keine Augen mehr für den molligen Michael gehabt hatte.

„Michael kann nicht weit sein, der wird schon wieder auftauchen", meinte Daniel. „Wir können von hier aus nicht alle Himmelsrichtungen im Wasser einsehen, falls er sich irgendwo im See rumtummelt." Er schnappte sich die Sonnenlotion und cremte sich seinen Oberkörper ein, an seiner Vorhaut war noch klebriger Sperma.

„Was habt ihr denn da vorne getrieben?", flüsterte Selina in Steffis Ohr.

„Dreimal darfst du raten", erwiderte Steffi und sah sie grinsend an. „Das Blut stammt auf jeden Fall nicht von meiner Periode, die endete vor einer Woche. Behalt es bitte für dich, Steffi, aber dein rattenscharfer Bruder, hat mich vor einer halben Stunde entjungfernt."

„Mein Gott, kaum zu glauben, und dann noch mit seinem Dödel, wo er normal einen Waffenschein bräuchte. Wenn der schlaff schon so groß ist, wie ist er dann, wenn er erst mal richtig steif ist?"

„So". Steffi nahm ihre Hände hoch und zeigte den Abstand, als ihre Handflächen auf Steffis Brusthöhe waren. Dann nahm sie die Hände auseinander. „Aber du wirst es kaum glauben, es tat kaum weh, sondern hat mich sogar unheimlich erregt. Als hätte meine Muschi um Einlass gebeten. Daniel war aber sehr behutsam, und hat ihn nicht ganz reingesteckt, sonst wäre „er" mir wahrscheinlich hinten wieder herausgekommen."

Beide lachten, und sahen sich nach dem Mann mit dem Hut um. Nicht, das er womöglich alles mitbekam, doch der Typ starrte nur geistesabwesend aufs Wasser.

Daniel ging wieder bis zu den Knöcheln ins Wasser, und legte dann seine Hände trichterförmig an den Mund. „M I C H A E L !" brüllte er.

„Deine Stimme ist zwar laut, aber wenn er in zwei- oder dreihundert Meter Entfernung, kraulen oder schwimmen sollte, hört er es trotzdem nicht", rief Selina ihm zu.

„Sucht ihr jemand?", rief auf einmal der Mann mit Hut.

„Ja, hast du vielleicht einen kleineren, vollschlanken Typen gesehen?", fragte ihn Steffi.

„Nein", erwiderte er. „Als ich vorhin kam, lag nur deine Freundin da, sonst sah ich niemanden weit und breit."

„Wir warten jetzt einfach mal zehn Minuten ab, dann wird er schon wieder auftauchen", meinte Selina.

Fünfzehn Minuten vergingen, und alle wurden zunehmend nervöser.

„Ich schwimm jetzt zum Strandbad Hauser rüber, das sind maximal dreihundert Meter. Bestimmt sitzt er dort in der Cafeteria und schlürft ein Eis", sagte Daniel und stand auf. „Ihr bleibt solange hier und wartet."

„Zieh aber deine Bade-Short an, Brüderlein, sonst rufen die Leute die Polizei, wenn du dort aus dem Wasser läufst."

„Ja, klar, mach ich. Ich hab eine Neoprentasche für mein I-Phone, das steck ich mit ein. Sollte er von der anderen Seite auftauchen, gebt mir Bescheid."

„Okay, machen wir", erwiderte Steffi.

Dann zog er seine Short an und hechtete ins warme Nass. Die beiden Mädchen sahen ihm zu, wie er im Wasser verschwand.

***

Als Daniel davonschwamm, meinte Steffi: „Vielleicht sollten wir auch suchen, statt auf ihn zu warten."

„Wo? Im Wasser?", fragte Selina irritiert.

„Vielleicht ist er gar nicht Richtung Strandbad, sondern genau entgegengesetzt geschwommen", antwortete Steffi.

„Du meinst zum FKK-Platz?"

„Genau, vielleicht interessieren ihn die Nudisten viel mehr, als Vanille-Eis", glaubte Steffi. „Hör mal, Selina. Meinst du, ich hab nicht mitbekommen, als er dich vorhin die ganze Zeit anstarrte und sein kleiner Pimmel eine Dauer-Erektion hatte? Hast du das etwa nicht gesehen?"

„Doch, deshalb hab ich mich ja umgedreht und gedöst, dass er sich wieder entspannt", erwiderte Selina.

„Das wird der Grund gewesen sein, warum er sich vom Acker machte. Er dachte, du bist nicht spitz auf ihn, und er kann kein „Nümmerchen" mit dir schieben, also wollte er sich woanders abreagieren. Dann schwamm er schnell zu den Nackten rüber."

„Du hast eine blühende Fantasie, Steffi. Wobei, wenn ich`s mir genau überleg, ist die These vielleicht doch nicht so bescheuert, wie sie sich anhört. Und was macht er dann da? Aus dem Wasser gehen und auf den Bauch legen, damit man seinen Steifen nicht sieht? Abgesehen davon, würd man eh nicht so viel sehen."

„Er holt sich halt einen runter."

„Vor den anderen Nackten?", fragte Selina.

„Natürlich nicht, er steht halt irgendwo im Wasser und reagiert sich ab."

„Möglich", meinte Selina. „Es gibt solche triebgesteuerten Wixer. Einmal war ich mit meiner Freundin in der Bodensee-Therme, da hat einer im Ruheraum vor uns onaniert. Wir sind zum Bademeister, damit sie die Drecksau rauswerfen."

„Wenn`s so einen Typen überkommt, dann legen die doch überall Hand an, aber immer noch besser, als wenn sie eine vergewaltigen."

„Aber, trotzdem, Steffi. Ich hab jetzt keine Lust zu den Nackten rüberzugehen. Dann kommt Daniel auf einmal wieder und wir sind auch noch weg, dann dreht er völlig durch. Außerdem, Steffi", flüsterte Selina. „Hinter uns ist ein wirklich knackiges Bürschchen. Vielleicht ergibt sich noch was."

„Verstehe, schon interessanter als der mollige Micha mit seinem Zwergenschwänzle."

Sie lachten beide lauthals und sahen sich um.

Der Platz war leer, der Mann war verschwunden.

***

20 Minuten später.

Selinas Handy summte. „Daniel, wie sieht`s aus? Hm, Hm, okay." Sie schwieg eine Minute und hörte ihm zu. Dann erklärte sie Steffi: „Nichts zu sehen von Michael. Auch die Bedienung vom Strandcafe erinnert sich nicht an ihn. Daniel meinte, es gibt jetzt zwei Möglichkeiten; entweder er gibt der Wasserwacht Bescheid, oder wir warten noch eine Weile. Er will wissen, ob Michaels Handy noch in seiner Tasche liegt, weil er versucht hat ihn zu erreichen. Micha hat keine

Mailbox an."

Steffi sah nach. „Handy da, und ausgeschaltet."

„Hast du gehört, Daniel? Was meinst du?" Sie hob die Hand und hörte ihm wieder zu. „Okay, er sagt, er kommt gleich wieder, und wenn Michael bis 16 Uhr nicht auftaucht, gibt er der Wasserwacht Bescheid, damit sie zum Suchen anfangen.

Steffi nickte nur. „Gut, so machen wir`s."

Als Daniel wieder zurück war, war es 15.45 Uhr.

Düster sah er auf das schimmernde Wasser, als tauche sein Kumpel jeden Moment wieder auf.

„Mein Gott, hoffentlich kommt dein Freund gleich, Daniel", meinte Steffi frustriert. „Wenn die Wasserwacht aktiv wird, kommt einiges an Kosten zusammen, sowas ist nicht versichert."

Jede halbe Minute sah Daniel auf seine Ice-Watch, und tippte dabei unentwegt mit dem Zeigefinger auf seinem I-Phone, als wolle er Michaels Anruf herbeischwören.

15.57 Uhr. Daniel nahm sein I-Phone und wischte über den Bildschirm. Plötzlich gellten zwei Schreie durch die flimmernde Luft. Sie mussten vom FKK-Platz kommen.

„Warte noch, Daniel", meinte Selina mit Gänsehaut. „Lass uns was ankleiden, und dann laufen wir in Richtung der Schreie, sie können nur von der Herz-Wiese kommen."

9

Dienstagnachmittag im Camp

Peter Kelly schwitzte. Langsam nervte ihn diese beschissene Hitze. Heute hatte er schon dreimal das T-Shirt gewechselt. Um 15 Uhr war das Seminar „Erleuchtung ist das Ergebnis" zu Ende. Mit elf anderen Teilnehmern verließ er den kleinen Raum, wo Sitzkissen und Klangschalen ein angenehmes Ambiente verbreiten sollten. Nur, für ihn war es bisher alles andere als angenehm, ja sogar, schmerzhaft, in unbequemen Positionen, ewig lang zu sitzen, wie in dem ekelhaften Schneidersitz. Bisher hatte er noch nie Probleme mit seinen Gelenken gehabt, aber jetzt am zweiten Tag, nach der zweiten Meditation, schmerzten ihn Hüfte und Knie, als hätte er eben erst einen zwanzigstündigen Marathon absolviert.

Jetzt musste er sich Zeit nehmen, um endlich wirklich zu entspannen, beim Sonnen auf der Wiese, oder mit einem Sprung ins kühle Nasse des Alpsees. Eine Italienerin, die er ansprach, ob sie mit ihm Baden gehen würde, lehnte ab, mit dem Hinweis, sie müsse jetzt schlafen, weil sie gestern Nacht ständig von Mücken traktiert worden war und kaum ein Auge zubekam. Gut, er musste alleine gehen, vielleicht lag am Strand eine heiße Braut.

Er packte seinen Rucksack mit dem Nötigsten ein; Handtuch, Sonnenöl, Tageszeitung und ein Zwanzig-Euro-Schein. Das sollte reichen, falls er nach dem Schwimmen, noch auf ein Eis ins Strandcafe ging. Um halb vier, als er auf der Herzwiese ankam, war die Wiese übersät von nackten Leibern.

Er hatte das Gefühl, bei vielen die verbrannte und ledrige Haut zu riechen, die manchmal vom Geruch von Kokosduft durchzogen war. Anscheinend war Kokos auch bei Sonnenblockern die beliebteste Komposition. Vorwiegend 50 - bis 80-jährige, lagen eng aufeinander in dem abgeschirmten Areal. Mit etwa 500 Quadratmetern war das Refugium für einen Badeplatz nicht übermäßig groß. Zumindest zu klein für die vielen Nudisten. Leider war auf den ersten Blick, keine hübsche Badenixe für Peter zu entdecken, die einsam und allein auf – seine – männliche „Zuwendung" wartete. So begab er sich auf einen zwei Quadratmeter großen Streifen zwischen zwei ältere Paare, die dem Aussehen nach, bestimmt schon fünfhunderttausend Stunden in der Sonne verbracht hatten. Ihre ledrige und verkohlte Haut, war sogar auf ihren vergammelten Geschlechtsteilen, mit Pigmentstörungen und Altersflecken übersät. Peter konnte sie nur oberflächlich ansehen, es erregte ihn nicht, sondern ekelte ihn an. Eine der älteren „Damen" saß da, und sah ihm zu, wie er seine zwei Meter große Decke neben ihr ausbreitete, während ihr fettleibiger Mann neben ihr, laut schnarchte. Sie war bestimmt schon achtzig und ihre schlaffen Hängetitten schaukelten um ihren schlabbrigen Bauchnabel. Ihre schwarzen, unförmigen Brustwarzen und ihr Fleckenübersätes Gesicht sahen aus wie verbrannter Toast. Ihr Schambereich wirkte wie ein nie gemähtes Urwaldgestrüpp, das undurchdringlich war.

Als er sich auskleidete, sah sie seinen Schwanz an, wie ein kulinarisches Gericht an, das es am besten gleich zu verspeisen galt. Nachdem Peter saß, sah er sich permanent nach allen Seiten um, ob nicht an anderer Stelle endlich ein

Platz frei wurde.

Nach zehn Minuten hatte er Glück, als zwei Radler aufbrachen, die nur kurz eine Erfrischungspause im Wasser genossen hatten. Die Strecke oberhalb der Herzwiese, führte von Immenstadt nach Oberstaufen, und war Teilstück des beliebten Bodensee-Königsee-Radwegs. Manchmal verirrten sich auch einige Radler bei den Nudisten, die meistens nach einer kurzen Erfrischungspause wieder verstört weiterfuhren.

Blitzartig packte Peter seine Decke, als die Radler ihre Räder wegschoben und sich auf ihre Sättel schwangen, bevor ein anderer auf die gleiche Idee kam. Er schnappte sich Handtuch und Rucksack und machte sich zügig von dannen. Enttäuscht fuhr sich die Seniorin mit ihrer blutroten Zunge über die spröden Lippen, und kratzte sich intensiv im schimmligen Urwald.

Erleichtert warf Peter seine Decke über seinen großzügigeren Platz. Aus den Augenwinkeln konnte er – obwohl er eine Sonnenbrille trug – zwei Holländerinnen erkennen, die gestern beim Vortrag vor ihm saßen. Sie lagen mit hochgesteckten Haaren, drei Meter unterhalb von ihm, und grinsten ihn an. Weil er aufgrund seines damaligen Bestseller-Buches, auch eine Lesung in Amsterdam hielt, war ihm die „lustige" Sprache der Niederländer unvergesslich in Erinnerung geblieben.

Auch sie schienen sich an ihn zu erinnern, da eine von beiden ihre Hand hob und winkte. Peter winkte zurück und nahm sie unter die Lupe, schließlich hatte er durch den langen Gefängnisaufenthalt, schon lange keine nackte und vor allem attraktive Frau mehr gesehen. Sie waren sich so ähnlich, dass sie Schwestern sein konnten. Obwohl sie aufrecht saßen, taxierte er sie auf etwa eins siebzig, bei maximal sechzig Kilo Körpergewicht, die gut verteilt waren. Sie hatten beide Rostbraunes Haar, das schulterlang auf ihre schmächtigen Schultern fiel. Die blassgelbe Haut war von einigen Rötungen durchzogen, vor allem am Nacken und den Schultern. Um ihre Brüste und Hintern war die Haut schneeweiß, das vermuten ließ, dass sie bestimmt nie auf der Sonnenbank lagen oder nackt sonnten. Eine von beiden hatte erste Lachfältchen, was darauf schließen ließ, dass sie die Ältere sein konnte, obwohl man sich da oft täuschte. Eine lange Narbe oberhalb der Scham verstärkte aber Peters Eindruck. Er vermutete, dass die OP-Narbe von einer Kaiserschnitt-Operation stammte, ähnliches hatte auch seine Frau vor elf Jahren, nachdem sie Sophie entbunden hatte.

Gut für ihn, dass ihm die Frauen die Kontaktaufnahme abnahmen, indem die vermeintlich Jüngere aufstand und auf ihn zulief. Erst jetzt sah er, dass sie nicht ganz nackt war, sondern einen cremefarbenen Stringtanga trug. Sie war etwa Mitte Zwanzig und ihre Begleitung vermutlich 2-3 Jahre älter.

„Hey", sagte sie im besten Deutsch. „Können wir zu dir liegen? Bei uns unten ist es sehr beengt. Außerdem gafft uns so ein alter Kacker ständig an."

„Klar", meinte er erfreut, „ist eben freigeworden. Kommt gleich, bevor sich irgendwelche Mumien neben mich legen."

Endlich eine knackige und – auch hoffentlich – nette Gesellschaft. Neidisch sahen ihn einige Solo-Männer an, die verstreut um die Wiesen lagen, als sie rechts und links von ihm ihre Decken hinlegten.

„Ich bin der Peter", sagte Kelly, und gab der rechts von ihm liegenden zuerst die Hand, die seiner Meinung nach die Ältere war.

„Angenehm, Peter. Ich bin die Alida, und meine kleine Schwester links von dir, ist die Grietje."

Er gab auch ihr die Hand und sie nahm ihre Sonnenbrille ab. „Wir wollten vor einer Stunde auf die schwächer frequentierte Wiese, hundert Meter westlich", meinte Alida. „Aber das sind Feuchtwiesen, da durchnässt gleich alles, da sind wir gezwungenermaßen hierher."

„Bei mir war`s vor zwanzig Minuten ähnlich, und dann landet man hier in so einem Seniorenheim", erwiderte er lächelnd. „Ich hab euch gestern – als ihr vor mir saßt – holländisch sprechen hören. Ich war mal in Amsterdam, deshalb täusch ich mich da selten. Euer Deutsch ist besser als von vielen meiner Landsleute. Wohnt ihr hier?"

„Gut aufgepasst, Peter. Du liegst völlig richtig, wir sind Holländerinnen, aber mit Wohnsitz in Rotterdam. Unser gutes Deutsch haben wir unserer Mutter zu verdanken, nicht der Schule oder sonst wem. Wir hatten auch noch nie einen deutschen Freund."

Peter erstaunte ihre Offenheit nicht, die Holländer galten ja schon immer als lebenslustig und kontaktfreudig, das hatte er bereit damals bei seinem kurzen Aufenthalt festgestellt.

Da lief vielleicht noch mehr, oberhalb er bestimmt 10 - 12 Jahre älter war, aber was spielte das heutzutage denn noch für eine Rolle? Die meisten Frauen bevorzugten doch erfahrene Männer, und nicht die strohdoofen Teenys.

„Wart ihr schon häufiger auf diesem Buddhisten-Treff?", fragte er, und cremte sich dabei seine Schultern ein.

„Nein, das erste Mal. Und du?", wollte Grietje wissen.

„Auch zum ersten Mal. Ich muss gestehen, vielleicht auch das letzte Mal."

„Warum? Gefällt`s dir nicht, Peter?", fragte Alida.

„Na, ja, ich bin etwas zwiegespalten. Auf der einen Seite, bestimmt eine friedfertige und harmonische Religion, auf der anderen Seite, ist das ständige Meditieren schon wieder des Guten zu viel."

„Inwiefern?"

„Na, ja. Man hört ständig das gleiche, soll in sich gehen, an das bessere im Menschen glauben, und so weiter. Das ist schon sehr monoton und ermüdend, noch dazu sehr unbequem."

„Warum?", fragte Grietje.

„Findet ihr das viele Sitzen denn bequem? Ständig sitzt man in diesem Schneidersitz, sodass einem alle Gelenke wehtun. Also, meinen Gelenken fehlte bisher nichts, aber wenn ich hier nach der Veranstaltung aufhöre, brauch ich vermutlich erst mal einen Physiotherapeuten."

„Gut, stimmt schon", gab ihm Alida recht. „Bequem ist was anderes, das Ganze ist schon sehr einseitig. Aber, man kann ja jederzeit abbrechen, vor allem, wenn man aus der Region stammt. Vom Dialekt her, bist du doch aus näherer Umgebung, oder?"

„Richtig erkannt, ich bin aus Isny. Das, was mich bisher hier hält, sind die vielen netten Menschen, die teilnehmen. Die finde ich – vorwiegend – ausgesprochen sympathisch, euch ganz besonders."

„Oh, danke", erwiderte Alida, „das beruht auf absoluter Gegenseitigkeit. Wir finden dich auch sehr sympathisch, Peter. Soll ich dich eincremen am Rücken? Mit Sonnenbrand tust du dich noch schwerer beim Meditieren."

Kelly reichte ihr sein Sonnenöl. „Gerne, das wäre wirklich sehr nett von dir." Er legte sich auf den Bauch.

„Ich geh derweil mal ins Wasser", meinte Grietje und stand auf.

„Ich komm gleich nach", raunte Alida und spritzte Öl auf Peters Rücken, dann begann sie ihn sanft einzuschmieren. Peter empfand es angenehmer als eine Massage. Er sah auf seine Uhr: 16 Uhr. Vielleicht lief heut Abend noch was mit Alida? Wann hatte er das letzte Mal Sex? Es fiel ihm nicht mehr ein.

„Den Popo auch?", fragte sie, leicht über ihn gebeugt. Ihre rosa Brustwarze streifte seinen rechten Rückenmuskel.

„Ja, der ist Sonne überhaupt nicht gewohnt", murmelte er.

Sie knetete leicht und verrieb einen weiteren Spritzer. Sein Penis füllte sich mit Blut, sie durfte jetzt nicht nach seinem Bauch fragen. Dann gab sie ihm einen leichten Klaps auf die

Pobacke. „So, fertig. Sollen wir jetzt auch ins Wasser gehen, Peter? Das Öl ist ja wasserfest." Sie sah ihn erwartungsvoll an.

„Gleich, ich lass es noch fünf Minuten einwirken. Geh doch schon mal voraus, ich komm gleich nach. Außer, ihr seid gleich wieder draußen." Sein Penis war prall gefüllt wie eine Luftmatratze. Er musste an etwas anderes denken: Urlaub, Fußball, Paul, sein Haus. Als Alida am Ufer war, entspannte er sich, und seine Erregung ließ wieder nach. Fußball-Bundesliga, Tagesschau, Wetterbericht, Buddhismus. Jetzt, er konnte es riskieren und stand auf.

Manche, die zum Ufer liefen, hatten ein Handtuch mit dabei, das sie auf den Steinen oder sonst wo ablegten. Kurzentschlossen legte er sich seines zusammengefaltet über die Schulter, und lief die fünfzehn Meter bis zum Ufer.

Grietje war schon fünfzig Meter rausgeschwommen und winkte Alida zu, die bis zu ihrem rotblonden Schamhaarflaum, jetzt auch im Wasser stand.

Sie drehte sich um, und sah, dass Peter kam, mit einem Handtuch auf der kräftigen Schulter abgelegt. Er stolzierte wie ein Adonis, der nackt auf einen Feldzug ging, und dann sein Handtuch wie ein Schwert an einem Felsen ablegte. Die blauschwarzen Äderchen ummantelten seinen wohlgeformten, fleischigen Penis, der kräftig zwischen seinen muskulösen Oberschenkeln hin- und herschwang.

Sollte sie sich auf ein Abenteuer mit ihm einlassen, obwohl sie in Rotterdam einen festen Freund hatte? Irgendetwas faszinierte sie an diesem geheimnisvollen Mann. Nicht sein stolzes Gemächt oder sein kantiges Gesicht, das auf diesem muskulösen Körper saß, sondern die mysteriöse Aura die diesen Mann umgab. Er war ihr gestern Abend schon aufgefallen. Wie oft hatte sie sich nach ihm umgedreht, damit sich ihre Blicke trafen, und dann war er auf einmal da, wie aus dem Nichts. Als hätte er geahnt, das sein Anblick ihr Blut in Wallung brachte. Er würde bestimmt auf ihre Höhe schwimmen, und dann könnten sie vielleicht händchenhaltend im Wasser turteln. Hoffentlich war dann ihre Schwester nicht eifersüchtig, denn meistens kam sie besser bei Männern an.

Grietje sah zwar aus wie zwanzig, war aber mit neunundzwanzig, nur ein Jahr jünger als sie. Vielleicht lag ihr junges Aussehen, auch an ihrer verspielten naiven Art. Peter schätzte sie auf Ende Dreißig, da waren Männer in ihrem besten Alter. Ob er verheiratet war? Manche Männer legten bei solchen Veranstaltungen oder beim Ausgehen, auch ihren Ehering ab. Er hatte bestimmt schon einiges erlebt, das zeugten auch einige Narben auf seinem muskulösen Körper, die vielleicht von einem Unfall oder aber einer Schlägerei stammen konnten. Später würde sie ihn mal danach fragen. Sie waren zwar gut verheilt, würden aber bestimmt nie wieder verschwinden.

Peter sah auf ihren knackigen, wohlgeformten Po, während sie langsam weiter in den Alpsee lief, bis ihr das seichte Wasser an den zarten, rosafarbenen Knospen stand, die schöner als jede Erdbeere waren. Dann machte sie einen flotten Schwimmzug und näherte sich ihrer Schwester, die im Kreis schwimmend, keine zwanzig Meter vor ihr war und glücklich strahlte. Als das Wasser seinen Schniedel streifte, hechtete er in das blaugrüne Nass. Durch das klare Wasser, sah man meterweit auf den Grund. Surfer und Segler waren aufgrund der Windstille nirgends zu sehen.

Alida hatte ihre Schwester erreicht, und beide umarmten sich, wie ein Liebespaar, das sich seit Jahren nicht gesehen hatte. Manch Außenstehender, konnte sie jetzt für Lesben halten, aber Freundinnen und Schwestern, die sich gut verstanden, hatten oft solch eine „zärtliche Ader". Dann lösten sie sich voneinander, und drehten den Kopf in Kellys Richtung.

Gleich würde er die glücklichen jungen Frauen, die vor Übermut schäumten, erreicht haben. Keine acht Meter mehr, dann würde er sie auch umarmen, freundschaftlich nicht erotisch, um ihnen seine Zuneigung zu zeigen.

Doch dann geschah das Unfassbare. Eine Szene, schlimmer wie aus einem Horrorfilm, nur war es grausame Realität.

Kurz bevor Peter sie erreicht hatte, schoss etwas aus dem See hoch. Genau zwischen den beiden jungen Frauen, kam „etwas" aus dem Wasser empor, als hätte jemand vom Seegrund mit einem Katapult geschossen.

Kein Aal, kein Hecht, kein Zander, kein anderer Fisch.

Ein menschlicher Körper!

Mit Leichenblassen Kopf voraus, schob sich ein Torso aus dem Wasser, als wollte er noch ein letztes Mal Luft holen. Der Mund war geöffnet, der Körper voll mit Wasser gelaufen, die Augen hervorgequollen. Nur, dass der Körper schon leblos war, er hatte nur noch – warum auch immer – Auftrieb bekommen.

Die gellenden Schreie der schockierten Frauen, waren hunderte von Meter zu hören. Panikattacken befielen sie, sie waren kaum noch in der Lage vernünftige Schwimmzüge zu machen.

Peter Kelly versuchte verzweifelt sie zu beruhigen, damit sie nicht ertranken. Er stieß den leblosen Körper zur Seite, und nahm Trietje in den Rettungsgriff, weil sie schon Wasser geschluckt hatte. Alida beruhigte sich schneller wieder, dann schwammen sie zum Ufer.

Am Strand stand die Horde von Nackten und sah sich das Schauspiel an. Zwei mutige Männer hechteten ins Wasser und schwammen auf den leblosen Körper zu.

10

Als Steffi, Daniel und Selina, zur 150 Meter entfernt liegenden Herzwiese hetzten, sahen sie, dass fast alle Nackten dichtgedrängt am Ufer standen. Einige halfen einem Mann und zwei Frauen aus dem Wasser, denen irgendwas passiert sein musste. Das Schlimmere war aber, der Anblick hinter ihnen. Ein lebloser Körper, der jetzt von zwei Männern Richtung Ufer gezogen wurde. Alle drei wussten allein schon von den Körperproportionen, um wen es sich handelte. Michael! Schluchzend hielt sich Selina ihre Hände vors Gesicht. Daniel näherte sich mit zitternden Knien und bleichem Gesicht auf den Körper zu, der jetzt von den beiden Männern aus dem Wasser gezogen, und am Ufer auf den Rücken gedreht wurde. Einer tastete nach dem Puls, der andere, versuchte eine Herzmassage zur Wiederbelebung.

„Es hat keinen Sinn mehr, Georg", meinte der Ältere, ein sonnenverbrannter, glatzköpfiger Mann mit Mitte sechzig. „Sein Herz schlägt nicht, wahrscheinlich schon länger nicht mehr, du kannst jetzt aufhören."

Erschöpft nahm der Mann, namens Georg Woll, seine übereinandergelegten Hände zur Seite und sah auf den Toten. „Was glaubst du, wie lang er schon tot ist, Franz?", fragte er keuchend. „Das kann noch nicht lange her sein, oder?"

„Bestimmt, schätze maximal eine Stunde. Vielleicht Herzinfarkt beim Schwimmen."

Selina, Daniel und Steffi knieten sich neben ihnen nieder, als sie endlich durch die gaffende Menge gedrängt hatten. „Lasst uns zu ihm!", schrie Daniel bestürzt beim Anblick seines Freundes und kniete sich vor den Toten hin.

„Ist das euer Freund?", fragte Georg, ein Endfünfziger mit korpulenter Figur.

„Ja. Warum haben Sie aufgehört mit der Massage? Vielleicht kann er noch wiederbelebt werden."

„Du kannst es selbst noch versuchen, Junge, aber es wird nichts mehr bringen. Er ist schon mindestens eine Stunde tot, das sieht man an den Verfärbungen seiner Haut und an den Augen. Außerdem, sieh dir mal seine Fingerkuppen und seine Genitalien an."

Als Selina zwischen die Beine von Michael sah, wandte sie sich abrupt ab und ging hinter einen Busch, wo sie sich sofort erbrach. Auch Steffi wurde flau im Magen, als sie den Genitalbereich betrachtete. Da, wo mal Penis und Hoden gewesen waren, hing nur noch ein kleiner Fetzen Haut. Die Genitalien waren anscheinend von einigen Fischen abgefressen worden. Nur noch ein kleiner Stumpf und ein letzter Rest des Sacks, zeugten von der ehemaligen Männlichkeit des Toten.

„Grauenvoll, auch drei Fingerkuppen fehlen", flüsterte Steffi angewidert. „Wusste gar nicht, dass Fische so schnell den menschlichen Körper anfressen."

„Das könnten auch Enten oder Schwäne gewesen sein", mutmaßte Franz Heiligensetzer, einer der beiden Männer, die den Toten rausgezogen hatten. „Vor vier Wochen haben wir hier einen Hund rausgezogen, der war bis auf die Knochen abgefressen. Die müssen gar nicht unbedingt hier im Alpsee gewesen sein, manchmal werden sie bis aus dem Bregenzer Wald, über die Konstanzer Aach hierher getrieben. Egal, welches Kadaver oder Fleisch hier treibt, es ist sehr beliebt bei Möwen, Schwänen und sonstigem Gefieder."

„Wir müssen auf jeden Fall sofort die Polizei verständigen?", schlug Georg Woll vor.

„Schon passiert, Georg", entgegnete sein Kumpan, „das hat meine Frau bereits getan, als wir ins Wasser sprangen. Wenn sie flott sind, müssten sie in den nächsten zwanzig Minuten da sein."

Daniel sah zur kreidebleichen Selina, die hinter einem Busch stand. „Steffi, geh mal bitte zu Selina rüber, die hat sich das Frühstück aus dem Magen gekotzt. Ich geh derweil zu den drei Leuten, die vorher aus dem Wasser gestürmt sind. Die kenn ich, die sind auch vom Buddhisten-Camp."

„Okay, mach ich."

Selina saß zitternd neben einem Felsbrocken, leicht abseits vom Uferbereich, wo mittlerweile einige Leute die ersten Fotos schossen.

„Und, geht's wieder?", fragte Steffi bedächtig.

„Mir ist schlecht, aber es wird schon wieder. Gott sei Dank hab ich nicht so viel gefrühstückt. Wie konnte das nur passieren, das ist doch nicht mehr nachvollziehbar, Steffi?"

„Keine Ahnung, ich kann`s mir genauso wenig erklären wie du. Hast du wirklich nicht mitbekommen, wie er ins Wasser ging?"

„Sagte ich doch schon, oder glaubst du mir etwa nicht?"

„Doch, natürlich. Die Polizei wird dich wahrscheinlich das gleiche wieder fragen."

Selina rieb ihre verweinten Augen. „Glaubst du, es handelt sich um ein Verbrechen?"

„Nein, natürlich nicht. Wer sollte dem armen Michael was antun wollen? Hier kennt ihn niemand, außer ein paar wenige aus dem Buddhisten-Lager. Und ein Raubmord oder Habgier halte ich auch für ausgeschlossen. Für mich gibt es keinen plausiblen Grund, warum ihm jemand was antun sollte."

„Steffi, dann muss er einen Herzinfarkt erlitten haben. Irgendwas, wo ihm nicht mehr ermöglichte, nach Hilfe zu rufen. Wenn ihn ein Fisch angegriffen hätte, dann hätte er doch auch lauthals geschrien, oder?"

Steffi zog ihre Stirn in Falten. „Ein Fisch hat ihn mit Sicherheit nicht angegriffen, hier gibt`s bestimmt nur Forellen, Aale und Karpfen. Auch wenn`s wirklich diese großen Zander hier gäbe, die sind auch völlig harmlos, sagt man. Das ist ein stinknormaler Badesee. Raubfische gibt's in der Karibik oder dem Atlantik, oder sonst wo, aber nicht in Deutschland. Wobei es angeblich in Irsee, eine Schnappschildkröte geben soll, die aber noch nie jemand gesehen hat. Sowas wird's ja wohl nicht im Großen Alpsee geben."

Selina stand auf. „Aber, Steffi. Jemand, der nur wenige Minuten im Wasser sein konnte, und dann schon als Fischfutter für andere Viecher herhalten musste, sowas hab ich in meinem ganzen Leben noch nie gehört, geschweige denn gesehen."

„Extrem sonderbar, ja", gab ihr Steffi recht. „Aber lass uns jetzt zu den anderen gehen. Ich glaube, der Typ, der die anderen beiden Frauen getröstet hat, ist mir schon mal über den Weg gelaufen."

11

Alle Beteiligten saßen an einem runden Tisch zusammen und sprachen über die Ereignisse. Der Rettungswagen und Notarzt hatten Michael nach kurzer Visite, in das Immenstädter Krankenhaus gebracht. Alle waren von dem Geschehen schockiert und erneut kündigte sich die Polizei an.

Peter Kelly war dies alles andere als recht, schließlich hatte er die letzten Jahre nur unangenehme Erfahrungen mit der Polizei gemacht. Und alles nur aufgrund einer „Verkettung unglücklicher Umstände", wie er es gern nannte.

Trotz der furchtbaren Tragödie tauschten er und Alida immer wieder Blicke aus, die ihm Hoffnung machten. Hoffentlich saß bei ihr der Schock nicht so tief, dass sie womöglich traumatisiert war, aber es wirkte keinesfalls so. Bei ihrer Schwester Trietje sah es anders aus, sie machte fast schon einen apathischen Eindruck und sagte seit einer Stunde kaum noch was. Die Gefahr bestand nun eigentlich für ihn nur dahingehend, dass Alida sich so intensiv um ihre jüngere Schwester kümmern musste, dass sie womöglich kaum noch Zeit für ihn hatte. Mit am Tisch saßen auch die beiden Konstanzer und seine Augsburger Zugbekanntschaft Steffi.

Alle sahen auf, als zwei Polizisten ihren Tisch ansteuerten. Sie waren nicht im großen Verpflegungszelt, sondern in der VIP-Lounge, die vorwiegend für Pressevertreter und das lokale „A-TV" gedacht war, die am Wochenende eine größere Reportage über das Buddhisten-Treffen geplant hatten.

Die VIP-Lounge war ein stilvoll eingerichteter Raum im Backsteingebäude, unmittelbar neben der Registrierungsstelle. Mit großer Leinwand, dreißig gepolsterten Stühlen, mehreren Flachbildschirmen und kleiner Bar, wirkte die „Lounge" eher wie ein kleines Fernsehstudio. Ole Nydahl bestand bei der Eröffnung vor zehn Jahren darauf. Seiner Meinung nach musste viel mehr – vor allem positiv – in der breiten Öffentlichkeit über die Buddhisten veröffentlicht werden, am besten mit guter Medienarbeit.

„Mein Name ist Blum, und das ist mein Kollege Seifert", stellten sich die beiden Polizisten vor.

Auf ihren Wunsch hin, nahmen auch Katja, Andy und Silvana aus Innsbruck an der Unterredung teil. Sie hatten von den anderen Beteiligten am Tisch erfahren, was am Alpsee passiert war. Sie saßen alle auf einer U-förmigen Ledercouch mit riesigem Glastisch und tollem Panoramablick auf den See. Die Polizisten schnappten sich zwei Stühle und setzten sich ihnen gegenüber. Blum zückte seinen Notizblock und fragte in die Runde: „Benötigt jemand von Ihnen eventuell psychologische Betreuung?"

Alle sahen sich nur an und keiner sagte etwas.

„Ich meine", fuhr er fort, „es wäre verständlich, nachdem was einige von Ihnen bereits durchgemacht haben. Ein Anruf von mir, und morgen kommt jemand, der für solche Fälle spezialisiert ist. Wenn es jemandem unangenehm sein sollte, sich jetzt unter allen hier Sitzenden, darüber zu äußern, kein Problem. Ich lasse im Anschluss meine Karte hier, okay? Wir können natürlich auch jederzeit Einzelgespräche führen."

Alle nickten nur.

„Meine Damen und Herren", setzte der jüngere Seifert das Gespräch fort, „vor nicht einmal zwei Stunden hat es einen tragischen Unfall im Alpsee gegeben. Michael Götz wurde tot aus dem Wasser geborgen. Drei von Ihnen waren – leider – unmittelbar am Ort des Geschehens und wurden mit dem Unglück konfrontiert. Der Grund, warum wir hier sind, ist, wie immer, wenn etwas passiert: die Polizei muss – unabhängig des Grundes – immer ermitteln, beziehungsweise den Vorfall, rekonstruieren, egal aus welchem Grund es zu diesem Unglück kam. Wie es zu diesem Vorfall kam und die Hintergründe dazu, versuchen wir jetzt bestmöglich in diesem Gespräch hier zu ergründen. Es handelt sich also um kein Verhör, sondern um eine Ursachenforschung. Wie sie vermutlich alle wissen, gab es in den letzten 48 Stunden einen weiteren Unfall, deshalb unsere erste Frage an Sie: Kannten sich womöglich die beiden Opfer?"

Sekundenlanges Schweigen, dann gab es Gemurmel, als alle Anwesenden durcheinander redeten und ihre Gegenüber fragten.

„Bitte nicht alle auf einmal", wies Seifert sie zu recht. „Es muss doch unter den hier Anwesenden bekannt sein, ob sich Markus Pröll und Michael Götz kannten, oder?"

„Also", meldete sich Daniel Kühn", ich kenne Michael seit acht Jahren, und in dieser Zeit hab ich von einem Markus Pröll nie von ihm was gehört. Allerdings muss ich gestehen, dass ich nur wenige aus seinem Freundes- und Bekanntenkreis kenne. Wir waren zwar befreundet, aber man könnte jetzt auch nicht unbedingt sagen, dass wir die dicksten

Kumpel seit den Schulzeiten waren. Wir haben uns am Arbeitsplatz kennengelernt vor acht Jahren, und dann gelegentlich mal ein Bierchen nach Feierabend getrunken. Unsere Freizeit-Interessen waren sehr unterschiedlich, deshalb hielt sich der Kontakt in überschaubaren Grenzen. Vor zwei Jahren haben wir mit dem Buddhismus ein Thema entdeckt, das uns – erstmalig – beide stark interessierte, deshalb haben wir uns auch zu dieser Fahrt nach Immenstadt entschlossen. Selina – meine Schwester – , kennt ihn nur aufgrund meines Kontaktes."

„Okay", meinte Blum, „wie sieht`s bei den anderen aus, vor allem bei den Herrschaften aus Österreich? Hat jemand von Ihnen schon mal den Namen Michael Götz vernommen, in Gegenwart ihres verstorbenen Freundes Markus Pröll?"

„Nein," erwiderte Katja Ehinger. „In dem Zeitraum, wo ich mit Markus zusammen war, ist der Name nie gefallen. Da kann ich auch keinen Zusammenhang erkennen. Außer, Michael war ein früherer Freund oder Schulkamerad von Markus in Pfronten, aber so was lässt sich ja leicht herausfinden."

„Wohl wahr", pflichtete ihr Seifert anerkennend zu. „Was haben Sie und Michael Götz beruflich gemacht?", fragte er in Daniels Richtung.

„Ich war mit Michael in der gleichen Abteilung beim Südwest-Kurier in Konstanz."

„Als Redakteure?"

„Nein, wir waren für das Layout und die Bildbearbeitung der Artikel verantwortlich."

„Und Sie, Selina?", fragte Blum.

„Ich bin bei der Stadt Konstanz, als Beamtin in der Stadt-
verwaltung tätig. Wie mein Bruder schon sagte, hatte ich
nur aufgrund unseres Aufenthaltes hier, Kontakt zu Michael. In Konstanz hab ich von ihm so gut wie nie was gehört
oder gesehen."

Die beiden Polizisten sahen sich kurz an. „Okay", meinte
Blum, nachdem er sich durchs silbergraue Haar fuhr, „kom-
men wir zu den beiden Damen aus den Niederlanden.
Kannten Sie einen der beiden Toten, vielleicht von früheren
Buddhisten-Treffen?"

Nachdem Alida wusste, dass es ihrer Schwester immer noch
die Sprache verschlagen hatte, ergriff sie das Wort: Nein,
keiner bekannt. Bei dir auch nicht, Trietje, oder?"

Ihre Schwester nickte nur bestätigend.

„Okay, gut, also können wir definitiv einen Zusammenhang
zwischen beiden Opfern ausschließen", bekräftigte Blum.
„Aber wir werden – wie es sich gehört – natürlich ihre Angaben überprüfen, meine Damen und Herren. Kommen wir
zu Ihnen, Herr …?"

„Kelly. Peter Kelly."

„Haben Sie jemals was von den beiden Männern gehört
oder gesehen?"

„Nie im Leben. Ich war auch noch nie auf einem Buddhisten-Treffen, das ist mein erstes hier."

„Ach, so", meinte Seifert. „Vom Dialekt her, stammen Sie
hier aus der Gegend, oder?"

„Korrekt, ich bin aus Isny."

„Dann könnten Sie ja fast Heimschläfer machen?"

„Heimschläfer?" Kelly zuckte ratlos mit den Schultern. „Wie meinen Sie das?"

„Na, so was sagt man eigentlich bei der Bundeswehr, wenn es jemand nach dem Dienst nicht allzu weit nachhause hat. Dann schläft er nicht in der Kaserne, sondern fährt heim, ins traute Kämmerlein."

„Ach, so meinen Sie das. Aber ich will ja gar nicht daheim schlafen, sondern hier in der Gemeinschaft bleiben, das fördert den Zusammenhalt. Außerdem lernt man dann die Teilnehmer schneller und besser kennen. Oft sitzt man nach dem Abendessen noch zusammen und tauscht sich aus."

„Sie sind allein hier, Herr Kelly?", fragte Blum und machte sich Notizen.

„Richtig."

„Und Sie haben die beiden Damen, denen sie aus dem Wasser halfen, hier im Camp kennengelernt?"

„Genauso ist es. Wir trafen uns beim Baden, unten an der Herzwiese. Zufällig sind wir dann fast gleichzeitig ins Wasser, bis uns dann der … äh… Tote entgegenkam."

„Gut", meinte Blum, „das reicht vorerst. Nachher benötigen wir von Ihnen allen noch die Personalien, damit wir die Angaben genau prüfen können. Auch die Adresse von Michael Götz brauchen wir noch, damit wir seine Angehörigen informieren können."

„Das könnte ich auch machen", meldete sich Daniel.

„Okay, können Sie machen", meinte Blum, „die Adresse brauchen wir trotzdem, weil das Ergebnis der Obduktion nur den Angehörigen mitgeteilt wird. Die haben Vorrecht – vor allen anderen – die genaue Todesursache zu erfahren. Vielleicht wissen seine Eltern auch etwas von Vorerkrankungen oder sonstigem von Bedeutung, was uns bei der Ursachenforschung helfen könnte. Anscheinend kommt aufgrund seines Unfalls, nur ein gesundheitlicher Aspekt in Frage. Ist Ihnen da irgendwas bekannt?"

„Von Erkrankungen wüsste ich nichts", antwortete Daniel. „Einmal hat er nur was von erhöhtem Blutdruck erzählt, aber das haben ja viele Übergewichtige."

„Okay", entgegnete Blum, „dann will ich Sie nicht mehr länger vom Abendessen abhalten, sofern Ihnen der Appetit noch nicht vergangen ist. Noch eine allerletzte Frage: ist irgendjemand von Ihnen was Besonderes aufgefallen, nachdem wir noch nicht gefragt haben? Etwas, was Sie vielleicht stutzig gemacht oder verwundert hat? Irgendeine Person womöglich, die sich in Ihrem Umfeld merkwürdig benommen hat?"

Verwundert sahen sich alle an, und wussten mit der Frage des Polizisten nichts anzufangen, bis auf einen.

Alle schüttelten fast gleichzeitig den Kopf und wollten schon aufstehen, doch dann meldete sich überraschend Peter Kelly zu Wort: „Mir fällt noch was ein. Ich weiß aber nicht, ob es von Bedeutung sein könnte."

„Was?", wollte Seifert wissen.

„Ein Mann, der unten am See war", antwortete Kelly.

„Ein Mann? Am See?", wiederholte Seifert.

„Genau, er war in unmittelbarer Nähe vom See. Er trieb sich dort in den Feuchtwiesen und an der Herzwiese rum."

Selina und Steffi horchten auf. „Stimmt", bekräftigte Steffi die Aussage. „Jetzt fällt`s mir wieder ein. Auch bei uns lag, circa zehn Meter von unserem Platz entfernt, ein Mann mit Strohhut. Nicht wahr, Selina?"

„Stimmt, jetzt fällt`s mir wieder ein. Könnte der Mann mit dem Geschehen was zu tun haben?"

„Wie sah er aus?", fragte Blum. „Was machte er? Benahm er sich auffällig?"

Kelly kratzte sich an seiner Stirn: „Er fiel mir nur deshalb auf, weil er angezogen bei den Nackten war. Er trug Shorts – beige, glaube ich, und ein dunkles T-Shirt. Das ist doch ungewöhnlich, oder? Also, nicht das Outfit, sondern weil er sich nicht auszog. Vermutlich wäre er aufgefordert worden, sich auszuziehen, wenn er länger dagewesen wäre. Die Nackten mögen das nämlich nicht, wenn Angezogene in ihrem Territorium liegen, das wirkt so, als wäre es ein Spanner. Er war groß, schlank und trug einen Strohhut. Von seinem Gesicht hab ich leider kaum was gesehen. Er trug eine geschlossene, schwarze Sonnenbrille mit dickem Rahmen."

„Selina, ich kann mich gar nicht mehr erinnern, weil er nur so kurz bei uns lag. War der Mann bei uns auch angezogen?", fragte Steffi ihre Freundin, schließlich hatte sie doch ein Auge auf diesen Typen geworfen.

„Ja, es handelt sich bestimmt um den gleichen. Er hat uns doch noch gefragt, ob wir jemanden suchen."

„So, Herrschaften", knurrte Blum verärgert. „Das fällt euch jetzt zum Schluss ein."

„Was soll daran auch so bedeutend sein?", fragte Daniel. „Soll der Mann vielleicht kurz ins Wasser gesprungen sein, um meinen Freund dann unter Wasser zu ziehen? Michael hätte dann bestimmt geschrien wie am Spieß."

„Er hat ihm vielleicht den Mund zugehalten und dann unter Wasser gedrückt" meldete sich Seifert zu Wort. „Manchmal sind Motive für Straftaten schwer zu ergründen. Apropos Mann mit Strohhut", fuhr er fort und sah die Innsbrucker Freunde durchdringend an. „Gibt's bei unseren Österreichern vielleicht auch Gedächtnislücken? Hattet ihr nicht auch was von einem Mann mit Hut erzählt, der euch helfen wollte beim Suchen?"

Betroffen sahen sich die drei an. „Ich wollte mich gerade dazu äußern", meldete sich Katja zu Wort, „dieser Mann mit dem Hut, wurde ja gerade erst vor einer Minute erwähnt. Der im Gut Hochreute, war, soviel ich weiß, auch groß und schlank mit Sonnenbrille."

„Wie alt ungefähr?", fragte Blum nach. „Und, wie alt könnte der Typ am See gewesen sein?", mit Blickrichtung zu den anderen.

„Schwer zu sagen", erwiderte Selina. „Wenn der Kopf bedeckt ist, ist das schwierig zu schätzen. Der Body war auf jeden Fall wie von einem Dreißigjährigen."

Steffi nickte bestätigend. „Aber er könnte auch vierzig sein. Wenn er den Hut abgenommen hätte, und es käme darunter eine Halbglatze zum Vorschein, schaut doch so ein Typ gleich um zehn Jahre älter aus. Also, deshalb vorsichtig geschätzt: 30 bis 40 Jahre alt. Seine Stimme klang dunkel und kräftig, und hochdeutsch. Konnte keinerlei Dialekt feststellen bei der kurzen Unterhaltung."

Blum sah die Österreicher an und spielte dabei an seinem Kugelschreiber.

„Ähnlich, wie bei uns", bekräftigte Silvana. „Kann nur das gleiche wiederholen, was Steffi eben sagte."

„Gut, das war`s vorerst", meinte Blum und steckte seinen Notizblock in die Brusttasche. „Womöglich müssen wir den Fall abgeben, beziehungsweise, an die Kollegen aus Kempten weiterleiten. In den nächsten Stunden wird entschieden, ob die Vorfälle eine Angelegenheit für die Kriminalpolizei sind."

12

Mittwochmittag, Kempten

„Also, Bernd, sollen wir Peter jetzt vorzeitig mit einem Besuch überraschen? Wir müssen damit nicht unbedingt bis zum Wochenende warten. Es kommt nämlich ab Samstag ein Tiefdruckgebiet, und dann ist es beschissen in so einem Camp oben im Gebirge."

„Von mir aus gern", erwiderte der Hiddler, als wir uns auf einen Kaffee am Rathausplatz in Kempten verabredet hatten. Vorsorglich hatte ich ihm meine Pläne schon vorab telefonisch mitgeteilt, damit er auch Equipment zum Übernachten mitnahm.

„Sollen wir dann abends wieder heim, oder da oben irgendwo übernachten?"

„Hast du ausreichend Zeug dabei?"

„Na, bei deiner telefonischen Vorankündigung, tue ich das natürlich. Ich hab eine kleine Tasche mit Unterwäsche, Badehose, Zahnbürste und Handtuch dabei. Das reicht doch für 1-2 Tage, oder? Länger werden wir wohl nicht oben bleiben? Wir haben ja weder Zelt noch Betten im Lager gebucht. Außerdem wird sowieso nichts mehr frei sein. Mitten in diesem Sommerkurs, werden die bestimmt keine verspäteten Gäste mehr aufnehmen. Oder, was glaubst du, Paul?"

Die Bedienung des Rathauscafe`s kam. Wir bestellten zwei gemischte Eisbecher, bei strahlendem Sonnenschein um

14.30 Uhr, mitten im Herzen der Kemptner Altstadt. Das Cafe hatte neben den zwanzig Tischen, fünf riesige Sonnenschirme aufgestellt, sodass alle Besucher im angenehmen Schatten saßen. Trotzdem war es drückend schwül und einige Touristen die mit einer Stadtführerin durch die Altstadt liefen, hatten ihre Regenschirme gegen die Sonne aufgespannt. Das Thermometer oberhalb eines Apothekeneingangs zeigte 36 Grad im Schatten an.

Die Allgäu-Metropole Kempten, hatte seit Jahren stetig steigende Übernachtungszahlen, außerdem fand auch zurzeit die traditionelle Allgäuer Festwoche statt. In diesen zehn Tagen, wurden allein schon über 180.000 Tagesgäste erwartet, zusätzlich 100.000 am Abend.

„So ist es, Bernd. Alles im Gut Hochreute ausgebucht, schon seit vielen Monaten. Ich hab bei denen angerufen. Erstaunlich, das Peter überhaupt noch ein Zimmer kriegen konnte. Das heißt für uns; wir machen`s einfach ein wenig abenteuerlich."

„Und das heißt konkret?"

„Wir übernachten unter freiem Himmel."

Hiddler lachte. „Ist das dein Ernst?"

Die Bedienung stellte uns zwei riesige Eisbecher hin, mit einem putzigem Sonnenschirm auf einer der Kugeln.

„Natürlich, Bernd. Glaubst du etwa, wir kriegen dort in der Nähe vielleicht ein Zimmer? Bestimmt nicht. Auf Gut Hochreute ist alles voll – sogar die Zeltplätze – und die Hotels und Pensionen in der näheren Umgebung sind auch rappelvoll. Das heißt, wir übernachten unter freiem Himmel."

Bernd Hiddler bearbeitete schon die zweite Kugel, während ich noch den ersten Bissen zergehen ließ.

„Wo?" fragte er. „Wo sollen wir dann übernachten?"

„In unmittelbarer Nähe vom Gut Hochreute, gibt's einen Wanderweg. Der führt in die Richtung Zaumberg-Missen. Dort, zwischen den circa 3 - 4 Kilometern Wanderstrecke, gibt's viele Wiesenflächen. Etwas abseits davon, finden wir bestimmt ein gemütliches Schlafplätzchen."

„Und da grast auch kein Vieh?"

„Wie werden schon einen Platz finden, wo keine Kuhherde rumtrampelt."

Sein Eis war weg, und er winkte der Bedienung. Als sie kam, bestellte er zwei Cognac. „Darauf brauch ich was Hochprozentiges. Zuletzt hab ich bei den Pfadfindern im Freien gepennt, das ist aber schon fast sechzig Jahre her."

„Dein Auto lässt du bei mir stehen, Bernd, ich fahr später. Mit diesen Cognacs hast du deine Promillegrenze bestimmt schon deutlich überschritten."

„Einer ist ja für dich gedacht. Schließlich müssen wir – nachträglich – noch unsere Bruderschaft anstoßen?"

„Grundsätzlich schon, aber einer muss ja nüchtern bleiben, und das ist nun mal der Fahrer."

„Gut, dann schluck wenigstens die Hälfte, sie bringt sie nämlich schon."

Wir stießen an, und mir brannte nach dem Schluck höllisch die Kehle, obwohl ich nur ein kleines „Nipperchen" genommen hatte. Er klopfte mir auf den Rücken, weil ich leicht husten musste.

„Man merkt, Paul, du bist nichts gewöhnt", meinte er lachend und kippte den Alkohol in Sekundenbruchteilen runter.

Aus seiner früheren Zeit in Hintersee wusste ich, dass er dort regelmäßig am damaligen Stammtisch der beste Gast war.

Nachdem wir im Sportgeschäft Hapfelmaier, vierzig Meter auf der gegenüberliegenden Straßenseite, noch ein paar Utensilien zum Zelten gekauft hatten, brachen wir auf.

Irgendwie hatte ich im Urin, dass uns dort in den nächsten Tagen noch einiges geboten wurde.

13

Nobert Zeiler brachte Seifert und Blum die Akten, die sie angefordert hatten. Sie saßen im Besprechungsraum der PI in ihrer Dienstelle am Viehmarktplatz. Seit sechs Jahren war die Polizei-Inspektion, vom Zentrum der kleinen Stadt, in ein neues modernes Gebäude am Badeplatz gezogen, das direkt an den Viehmarktplatz grenzte.

Wenige Minuten später kam Dienststellenleiter Österle dazu, der von ihnen ausführlich unterrichtet worden war.

„So, Kollegen", sagte Österle, nachdem er sich zu ihnen an den Tisch gesetzt hatte, „jetzt kennt ihr die „Akte Kelly". Ausgerechnet dieser Typ, will jetzt Buddhist werden, da ist doch was faul."

„Das wäre nicht das erste Mal", erwiderte Blum, „das ein ehemaliger Knastbruder auf den Pfad der Erleuchtung kommt. Solche Fälle gibt`s doch immer wieder. Irgendwann kommen sie zur Besinnung und wollen dann ein besserer Mensch werden. Aber wir dürfen nicht vergessen: Kelly ist am Montag freigesprochen worden. Wie sagen die Richter immer so schön; es gilt bei unsicherer Beweislage die Unschulds-Vermutung."

„Äußerst zweifelhaft", raunte Österle. „Ich trau dem Kerl keinen Meter über den Weg. Die Staatsanwaltschaft hat nur den Prozess beschissen vorbereitet und keine glasklaren Beweise gehabt."

„Wenns keine gescheiten Beweise gibt, kann man auch keine vorlegen. Aber, sei`s wie`s will", meinte Seifert. „Was hat das aber mit den zwei Unfällen am Großen Alpsee zu tun? Hier geht`s nicht um Mord, sondern um tragische Unfälle. Der Eine ist wahrscheinlich rumgestolpert und fiel den Hang hinunter, und der Dicke im Wasser, hatte bestimmt einen Herzanfall. Morgen gibt's die Untersuchungsergebnisse von diesem Michael Götz, dann werden wir`s ja genau wissen."

„Und bei diesem Pröll, gab`s auch keinerlei weiteren Spuren bei der Obduktion?", fragte Blum, mit Blick auf seinen Chef.

„Kein Hämatom und keinerlei äußere Einwirkungen sind erkennbar gewesen. Der Typ ist entweder ausgerutscht oder hatte einen Schwächeanfall, aber auch den kann man im Nachhinein schwer feststellen."

„Oder, er wurde gestoßen?", mutmaßte Österle.

„Wäre möglich", erwiderte Blum, „ dann hat er aber keinen Laut von sich gegeben. Äußerst selten, wenn jemand geschubst wird, vor allem aus der Höhe."

„Vielleicht sollten wir eine zivile Streife im Lager der Buddhisten installieren?", schlug Seifert vor.

„Männer", antwortete Österle verärgert, „als ob wir nicht schon genug Personalprobleme hätten? Wollt ihr euch da oben an den Meditationen beteiligen? Sollen wir verdeckt jemanden in die Putzkolonne einschleusen? Das ist ja wohl aberwitzig. Nee, wir haben Wichtigeres zu tun, obwohl ich diese beiden Fälle schon etwas sonderbar finde. Und bei diesem Typ aus Konstanz, wird wahrscheinlich herauskommen, dass er einen Herzkasperl erlitten hat. Wäre nicht das erste Mal. Im Alpsee sind in den letzten dreißig Jahren, ungefähr achtzig Personen umgekommen. Drei Bootsunfälle, zwei Surfer, und der Rest waren Schwimmer. Also, alles im normalen Bereich. Auch Kelly kann damit nichts zu tun haben, so gern wir ihn wieder einbuchten würden. Der lag ja auf der Wiese, und hat mit diesen Weibern geturtelt, bevor ihm die Leiche einen Strich durch die Rechnung gemacht hat."

„Aber Chef", mutmaßte Blum, „die Schilderungen mit dem Toten sind schon grotesk. Hast du schon mal was gehört, das eine Leiche so aus dem Wasser emporschießt? Das ist ja richtig gruselig."

„Die haben durch den Schock vermutlich maßlos übertrieben. Zuerst hat der Tote viel Wasser geschluckt, dann hat es ihn wie einen Ballon aufgebläht, und dann ist er halt zufällig in dem Moment aufgestiegen, als gerade Kelly und die Weiber dort waren. So was kann dir jeder drittklassige Mediziner plausibel begründen."

Seifert und Blum bezweifelten das. Wahrscheinlich musste erst ein weiteres Unglück geschehen, das er zur Tat schritt.

14

Kurz vor dem Abendessen trafen sich Peter Kelly und Alida auf der Terrasse neben dem Backsteinhaus. Die Terrasse diente vorwiegend als kommunikativer Treffpunkt der Teilnehmer, damit sie nicht nur in ihren Zelten und auf den Wiesen verweilen mussten. Das Gastronomiezelt war nur zu den offiziellen Essenszeiten geöffnet, ähnlich wie bei vielen Restaurants. Das Abendessen war täglich von 18 - 21 Uhr. Manche Teilnehmer verpflegten sich auch selbst, indem sie in Immenstadt einkauften, und dann die Ware in ihr Zelt schleppten. Grillen war überall im Gelände strengstens verboten, einen Grillplatz gab es nirgends. Vor einigen Jahren hatten unachtsame Wanderer zweihundert Meter oberhalb des Geländes, schon mal einen Waldbrand verursacht, seitdem hingen überall Verbotsschilder.

„Wie geht`s deiner Schwester?", fragte Peter. Alida war in Hot-Pants und einem roten Top erschienen. Auf ihrer Nase saß eine klobige braune Sonnenbrille, obwohl die Terrasse komplett überdacht und beschattet war.

„Sie ist sehr sensibel, wahrscheinlich wird es eine Weile dauern, bis sie das verdaut hat."

„Vielleicht hätte sie das Angebot der Polizei annehmen sollen und eine Psychologin zur Hilfe nehmen?" Peter befürchtete, das Alida nun als große Schwester, ihre kleinere behüten und bemuttern musste.

„Das wollte sie nicht", entgegnete sie, „ich hab sie in den letzten 24 Stunden, bestimmt dreimal danach gefragt."

„Meinst du, es macht Sinn, wenn sie weiter hier teilnimmt? Ich meine, es sind noch 11 Tage, da versaut sie sich vielleicht noch selbst den Aufenthalt."

„Einfach gesagt, Peter. Aber glaubst du, daheim in Rotterdamm wird`s schlagartig besser? Da hängt sie dann den Rest ihres Urlaubes womöglich noch trübseliger rum."

„Was macht sie denn beruflich?"

„Sie arbeitet als Marketing-Assistentin bei der niederländischen Nestle-Niederlassung."

Sie nahm ihre Brille ab und Peter sah tief in ihre graublauen Augen. „Und was machst du, Alida? Beruflich meine ich?"

„Ich arbeite beim Finanzamt in Rotterdam."

„Welche Abteilung?"

„Ich bin – unter anderem – für die Bearbeitung der Einkommensteuerbescheide der Angestellten verantwortlich. Und du? Was treibst du so, Peter?"

Er musste sorgfältig überlegen, was er ihr erzählen konnte und durfte. „Ich bin Autor seit drei Jahren. Natürlich nur als Quereinsteiger, obwohl ich mit Journalismus schon was zu tun hatte, bevor ich mit dem Schreiben anfing." Sie brauchte ja nicht unbedingt zu wissen, dass er zuvor „nur" Anzeigenvertreter für ein kleines Freizeitmagazin im Allgäu war.

Sie musterte ihn wieder durch ihre aufgesetzte Brille. „Das ist doch bestimmt ein verdammt schwieriges Geschäft, davon kannst du leben?"

Er zog ein Päckchen Kaugummi aus der Tasche und fragte: „Magst du auch einen? Zuckerfreier Pfefferminzstreifen."

„Nein, danke."

„Um auf deine Frage zurückzukommen, Alida. Ja, ich kann noch davon leben, sogar gut."

„Was heißt „noch"? Verkaufen sich deine Bücher fortwährend gut?"

„Es war nur ein Buch bisher."

„Was?" Erstaunt kratzte sie sich am Busen, dessen Warzen sich stark am weißen Top abzeichneten. Sie trug keinen BH. „Und, von diesem einen Buch, kannst du leben?"

„So sieht`s aus. Es war ein weltweiter Bestseller, der sich bis jetzt fast sieben Millionen Mal verkauft hat. Das sind nur die Zahlen der gedruckten Bücher. Dazu kommen noch ungefähr zwei Millionen Hörbücher und eBooks."

„Wahnsinn, dann müsste ich ja das Buch kennen? Obwohl ich muss gestehen, ich lese leider sehr wenig. Am liebsten schau ich mir Wellness- und Fitnessmagazine an. Wie heißt denn jetzt dieser Besteller?"

„Teufel im Kopf."

„Heißer Titel. Und das ist ein Thriller?"

Kauend nickte er: „Ja. Ich hab aufgrund des Erfolges, sogar die Rechte an dem Buch verkauft. Kennst du Martin Scorsese?"

„Schon mal irgendwo gehört oder gelesen, aber ich kann ihn jetzt nicht zuordnen." Sie sah auf die Uhr, es war kurz nach achtzehn Uhr.

„Eine Hollywood-Legende. Vorwiegend als Regisseur seit 45 Jahren tätig. Die erfolgreichsten Filme, hat er mit Leonardo di Caprio und Robert de Niro gedreht, die meisten davon sind Welterfolge geworden."

„Nenn mal ein paar Filme", fragte sie interessiert.

„Shutter Island, Wie ein wilder Stier, oder „Gangs off New York". Zurzeit ist er als Produzent aktiv. Im Herbst kommt „Der Schneemann", von meinem Schriftsteller-Kollegen, Jo Nesbo. Dessen Buch hat sich aber „nur" drei Millionen Mal verkauft."

„Mein Güte, dann sitz ich ja mit einem weltberühmten Mann hier."

Würde sie mehr lesen, wüsste sie jetzt, dass der Mann, der das Buch geschrieben hatte, unter Mordverdacht stand. Eigentlich hatte er schon zu viel erzählt, und hätte sich dafür am liebsten in den Arsch gebissen. Wenn Alida jetzt „googelte", würde sie es bestimmt herausfinden.

„Na, berühmt ist etwas übertrieben", erwiderte er leicht verlegen. „Es war ein kleiner Achtungserfolg, der mir aber einige Millionen in die Kasse gespült hat, und von dem lebe ich jetzt ganz gut. Außer für ein paar Reisen, hab ich noch nicht so viel von den Honoraren verbraten."

„Verstehe. So, ich ruf mal Trietje an, ob sie mit uns zum Speisen geht." Sie zog ihr Smartphone aus der Tasche, wischte einmal drüber und drückte zweimal auf den Bildschirm. „Trietje, wo treibst du dich rum? Essenszeit! Ich sitz mit Peter auf der Terrasse, neben dem Backsteinhaus. In zehn Minuten im Speisezelt, okay? Wir gehen auch gleich rüber."

Peter hörte Trietje laut durch die Hörerkapsel sprechen. „Am Fenster, der Tisch rechts außen, kurz vor dem Buffet. Okay, alles klar. Bis gleich."

Erleichtert atmete Alida auf. „Gott sei Dank, sie isst was. Gestern Abend hat sie nichts gegessen, und heut früh nur eine mickrige Müslischale. Gehen wir ins Zelt."

***

Fünf Minuten später saßen sie im Gastro-Zelt, und auch Trietje stieß nur zwei Minuten nach ihnen auch dazu. Sie trug eine lila Jogginghose und ein rosa T-Shirt. Ihr langes Haar hatte sie zu einem Zopf hochgesteckt. Wie jeden Vormittag und Abend, gab es ein fast dreißig Meter langes Buffet im Zelt. Immerhin musste das Essen für gut dreitausend Leute reichen. Einige Teilnehmer wurden auch besucht und durften ihre Gäste – kostenpflichtig – mitessen lassen. Mittags war jeder sich selbst überlassen, es gab aber an mehreren Automaten; Süßigkeiten, Getränke und kleine Snacks. Bei den hohen Temperaturen verzichteten die meisten Teilnehmer auf die Mittagskost, und versorgten sich lieber mit Obst, Eis oder kühlen Getränken. Einige wenige Verfressene gingen in Bühl einkehren, oder deckten sich mit allerlei Proviant ein. Manche deckten sich beim Frühstück – heimlich – mit zusätzlichen Brötchen oder sonstigem ein, und ließen es dann in ihren Taschen oder Rucksäcken verschwinden.

Peter hatte sich – wie viele Männer – mit reichlich Fleisch auf seinem Teller eingedeckt. Als er in sein Putenfleisch biss, fragte er kauend: „Und, Ladys, was könnten wir nach dem Essen noch Schönes machen?"

Trietje hatte fast nur Salat auf ihrem Teller und sich noch zusätzlich einen Apfel mitgenommen. Sie sah zuerst ihre Alida und danach Peter an: „Habt ihr schon auf den Stundenplan gesehen?"

Für die Veranstaltungen jeden Tag, hingen mehrere Zettel an großen Pin-Wänden, überall im ganzen Camp verteilt.

„Nein", antwortete ihre Schwester, die sich mit Fisch und Bratkartoffeln eingedeckt hatte, „was ist heut noch alles geboten, Trietje?"

„Heute ist noch eine Karma-Stunde, in der neuen Meditationshalle, da waren wir noch nie drin."

Seit 2014 existierte in der denkmalgeschützten historischen Scheune eine 570 Quadratmeter große Meditationshalle, in der täglich Seminare stattfanden. Es war - mit dem 2015 fertiggestellten Neubau nebendran - die aufwändigste Restauration auf dem Gut in den letzten Jahren. Es waren topmoderne Räumlichkeiten daraus entstanden.

„Was ist Karma?", fragte Peter, nachdem er sich vor seinem Aufenthalt nur oberflächlich mit der „Religions-Materie" beschäftigt hatte.

„Karma bedeutet; Ursache und Wirkung, nicht Schicksal. Jeder ist für sein eigenes Leben verantwortlich und prägt es durch Gedanken, Worte und Handlungen. Dieses Verständnis ermöglicht den bewussten Aufbau von Eindrücken, die zu Glück führen und künftiges Leid vermeiden. Alles klar, Peter?", erwiderte Trietje ironisch.

„Wow! Du könntest echt Buddhisten-Lehrerin werden. Woher weißt du das so genau?"

„Ich und Alida beschäftigen uns schon seit Jahren mit Buddhismus, ich Vergleich zu dir. Ich gebe dir mal ein Buch, wo diese ganzen Weisheiten drinstehen."

„Gute Idee, sonst kann ich hier wirklich nicht mitreden." Noch schlimmer, als früher die Reden unseres Dorfpfarrers dachte er sich im Stillen. „Um welche Zeit findet das statt?", fragte er stattdessen.

„Um 20 Uhr", erwiderte Trietje. „Danach könnten wir uns noch draußen hinsitzen und den restlichen Abend im Freien genießen."

„Klingt gut, Trietje", meinte Alida, die sichtlich froh darüber war, dass der Gemütszustand ihrer Schwester wesentlich verbessert war.

„Ich hab sogar noch einen Weißwein dabei", grinste Peter. „Den trinken wir dann in der lauen Sommernacht. Ab morgen schlägt das Wetter nämlich um, da können wir das — vorerst — bestimmt nicht mehr machen."

„Prima, dann sind wir uns ja einig", frohlockte Trietje, und Erleichterung machte sich bei ihrer Schwester breit.

Sie aßen schweigend weiter, und sahen sich nach den anderen „Betroffenen" um, konnten sie aber nirgends entdecken.

Kurz vor zwanzig Uhr, hatten sie sich alle vor der Meditationshalle eingefunden. Außer ihnen standen noch zwanzig andere Teilnehmer vor der Eingangstür. Darunter waren sieben kaffeebraune, die aussahen, wie aus Latein-Amerikaner, sowie fünf Asiaten. Dieses Jahr waren im Vergleich zu den Vorjahren, weit mehr außereuropäische Teilnehmer angemeldet. Anscheinend sprach sich das Europe-Center in der ganzen Welt rum. Der Seminarraum war ausgelegt für maximal siebzig Teilnehmer, etwa fünfzig hatten sich zur Karma-Stunde bis kurz vor Beginn eingefunden. Es gab gegenüber noch einen größeren Raum, der für dreihundert Personen Platz bot. Durch die Masse der angebotenen Stunden – täglich bis zu zwanzig – waren die Räume selten restlos voll. Die Vielzahl der Stunden war nur dazu gedacht, die zahlreichen Teilnehmer möglichst gut zu verteilen. Bei gutem Wetter fanden täglich noch fünf weitere Freiluft-Seminare statt. Sie waren auf zwei verschiedene Wiesenplätze verteilt, einer davon so groß wie ein Fußballplatz.

Peter, Alida und Trietje, hatten sich leichte Bekleidung angezogen, nicht nur wegen den Temperaturen, sondern weil viele Übungen und Meditationen liegend oder sitzend absolviert wurden. Manche Stunden waren Mischungen aus Yoga und Entspannungsübungen. Seminarleiter in Peters Stunde, war der 59-Jährige Kamatcha Forja aus Indien, der seit über zwanzig Jahren in Deutschland lebte. Er hatte eine große Familie mit acht Kindern, und sein ältester Sohn Rami wurde – inoffiziell – als Ole Nydahls Nachfolger gehandelt. Er war ebenfalls in der Stunde anwesend, da er ab dem nächsten Jahr seinen Vater ablösen wollte. Rami Forja war dreißig Jahre alt und ledig. Er war IT-Spezialist in einer Berliner Hi-Tech-Firma, die an der Börse gehandelt wurde.

Lama Ole Nydahl hatte bereits am ersten Tag seiner Rede erklärt, wie bewundernswert er das Engagement von Kamatacha und Rami fand, die beide ihre ganze Freizeit für den Buddhismus in Deutschland opferten. In Berlin existierte deshalb nicht umsonst, die größte Gemeinschaft in Europa mit über fünftausend Anhängern. Paris, Rom und London hatten zusammen nicht mal die Hälfte. Trotzdem erklärte Nydahl immer wieder, wie immens wichtig es sei, neue Anhänger zu begeistern und rekrutieren. Auch Anhänger – wie Katmatcha und Rami – die sich als Organisatoren und Seminarleiter betätigen wollen. Ehrenamtlich natürlich, der Buddhismus ist nichts für materiell denkende Leute, so Nydahl. Ziel von Lama Ole Nydahl war es, den Buddhismus in Deutschland, zur „drittstärksten Kraft" nach den Katholiken und Evangelisten zu machen, auf lange Sicht sogar die Nummer eins werden. Maßgeblich dazu beitragen sollte der Diamantweg-Buddhismus in Immenstadt, mit Sitz des „Europe-Centers" auf Gut Hochreute.

Seitdem der Sitz auf Gut Hochreute war, waren die Mitgliederzahlen um 150 Prozent gestiegen. Kamatcha erklärte in seiner Stunde ausführlich den Sinn einer Meditation. In seinen Worten war Buddhismus; „Ein müheloses Verweilen in dem was ist", was immer man darunter auch verstehen mochte, dachte sich Peter Kelly, der Mühe hatte, beim Zuhören nicht einzuschlafen. Nur die unbequeme sitzende Haltung, „hinderte" ihn daran, die er als sehr schmerzhaft empfand. Zudem hatte er noch mit einem anderen Problem zu kämpfen, dass sich durch das reichhaltige Essen bemerkbar machte, und sich langsam einen Weg durch seinen Darm bahnte. Jeden Moment konnte sich „Gas" bei ihm absondern, was ihm mit Sicherheit böse Blicke eingebracht hätte. Er wollte es sich natürlich bei diesen Leuten nicht verscherzen, vor allem bei Alida nicht, da sie bestimmt sehr großen Wert auf gute Manieren legte.

Zur Hälfte der Stunde gab es eine kurze Pause gegen 20.30 Uhr. Alida, Trietje und Peter drehten sich im Schneidersitz zueinander und sahen sich an.

„Also, meine Lieben", sagte Peter mit gequältem Gesicht, „ich muss schnell mal austreten. Wie lang wird die Pause dauern?"

„Ich schätze, nicht länger als fünf Minuten, du musst dich also beeilen, Peter", antwortete Alida. Unter ihrem engen T-Shirt zeichneten sich ihre Brustwarzen ab, was Kellys Blut noch zusätzlich in Wallung brachte.

„Alles klar, bis gleich", presste er hervor und verschwand hastig aus dem Raum.

Als er verschwunden war, fragte Trietje ihre Schwester: „Alida, schwitzt du auch so?"

„Ja, schlimmer als beim Joggen", erwiderte Alida. Ihr T-Shirt war trotz Funktionsbekleidung feucht und klebrig. Sie streichelte über den Rücken ihrer Schwester. Der war nicht nur feucht, sondern klatschnass, als wäre sie eben aus dem Wasser gekommen. „Mein Gott, du triefst ja richtig. Hast du ein anderes Shirt dabei, Trietje?"

„Nee, am liebsten würde ich nackt weitermachen."

„Auf keinen Fall, Schwesterlein, das ist ja kein Tantra-Seminar. Hol dir im Zelt ein anderes Shirt."

„Dann schaff ich`s aber nicht mehr rechtzeitig zurück, es wird gleich weitergehen."

„Scheißegal, Trietje. Es ist wichtiger, dass du dir keine Erkältung mit dem nassen Teil zuziehst. Ich entschuldige dich derweil."

„Alles klar, bis gleich." Trietje stand blitzschnell auf und verschwand aus dem Raum.

„Meine Lieben, in drei Minuten geht`s weiter", erklärte Kamatcha, nachdem er ein Telefonat beendet hatte. Als einer der wenigen Seminarleiter, trug er eine typische Mönchskutte, so wie sich der normale Laie, wahrscheinlich einen Mönch oder den Dalai Lama vorstellte. Er war nur eins siebzig groß und dürr wie eine Zaunlatte. Sein schmales Gesicht war bereits von zahlreichen Falten durchzogen. Im Gesicht trug er eine schwarze Brille, mit Gläsern, wie bei einer Vergrößerungslupe. Wie alle anderen im Raum war er barfuss. Tagsüber lief er immer mit ausgelatschten Jesuslatschen über das Gelände. Anscheinend hatte er es sich zum Ziel gesetzt, in seinen fünf Tagen Aufenthaltsdauer, das Gelände nicht zu verlassen.

Drei Asiaten unterhielten sich angeregt, als Peter Kelly – erleichtert um zwei Pfund – wieder den Raum betrat. Es war 20.40 Uhr, und Kamatcha sah auf die Wanduhr im Retro-Design, die über der Eingangstür hing. „So, meine Lieben, in einer Minute geht`s weiter. Ich habe euch noch einiges zu erzählen, dann werden wir noch ein paar Minuten innehalten.

Alida sah auf ihre Schweizer Armbanduhr: 20.41 Uhr. Langsam sollte ihre Schwester wieder auftauchen, schließlich war sie jetzt schon gut sieben Minuten weg. Der Weg zu ihrem Campingzelt betrug (einfach) maximal dreihundert Meter.

„Ist Trietje auch aufs Klo?", flüsterte Peter in Alidas Richtung. Vielleicht hatte sie auch Blähungen?

„Nein", erwiderte sie, „nur T-Shirt wechseln. Aber sie sollte eigentlich schon längst wieder da sein. Sie ist kurz nach dir weg."

„Okay, es geht weiter", sagte Kamatcha und machte einen Rundblick durch den hundertfünfzig Quadratmeter großen Raum, „oder sollen wir noch ein bisschen warten?"

„Nein, es kann ruhig weitergehen, meine Schwester wird gleich wieder auftauchen", erwiderte Alida.

Es ging weiter, aber Alida konnte sich nicht mehr richtig konzentrieren, alle zwanzig Sekunden blickte sie zur Tür. Immer wieder starrte auch Rami zu ihr.

Um 20.50 Uhr flüsterte sie Peter zu: „Ich muss mal sehen, wo Trietje so lang bleibt, sonst beruhigt sich mein Blutdruck nicht."

„Ich verschwinde auch gleich", flüsterte er zurück, „ich hab ehrlich gesagt keinen Bock mehr, mir tut das Gesäß weh. Ich geh zwei Minuten nach dir, damit es nicht so auffällt."

Sie nickte nur und stand abrupt auf.

Kamatcha und sein Sohn Rami sahen in Alidas Richtung. Ihr Blick wirkte wie eine Mischung aus Verärgerung und Verwunderung.

Zwei Minuten später verschwand Peter. Kamatcha würdigte ihm keines Blickes, Rami blickte ihm verwundert nach.

Kelly lief in Rekordzeit von höchstens fünfundzwanzig Sekunden zum Zelt der beiden Holländerinnen. Alida lief nervös um das Zelt wie Rumpelstilzchen, dabei hielt sie ihr Handy ans Ohr. „Sie kann sich nicht melden, ihr LG-Handy liegt im Zelt, Peter. Wo kann sie hingegangen sein?"

„Vielleicht zu den Duschen?" erwiderte er.

„Gut, lass uns gehen", meinte sie angespannt.

Mit flotten Schritten liefen sie zu den sanitären Anlagen. Insgesamt standen neben dem Verpflegungszelt – mit verschiedenen Eingängen – hundert Duschen zur Verfügung. Männer und Frauen konnten sich in den Duschen nicht über den Weg laufen, da es separate Eingänge- und Ankleiden gab. Gemeinschaftsduschen existierten keine, kleine Kinder konnten jedoch mit einem Elternteil mitgehen.

„Du wartest hier, Peter", befahl Alida, „ich bin in einer Minute wieder da."

„Klar", erwiderte er nur, und fragte sich, ob er nicht wieder in den Meditationsraum laufen sollte. Vielleicht war Trietje wieder auf einem anderen Weg zurück, während sie hier suchten?

Zwei Minuten später kam sie mit frustriertem Gesicht wieder zu ihm. „Nichts. Ich hab drei Frauen gefragt, die seit circa zehn Minuten hier sind. Keiner von denen ist Trietje aufgefallen, sie war mit Sicherheit nicht hier."

Ratlos zog Peter die Augenbrauen hoch. „Was sollen wir nun machen? Durchs Lager streifen?"

Alida zuckte resigniert mit den Schultern. „Hast du eine andere Idee? Wir können doch jetzt nicht die Polizei kontaktieren, nur weil sie jetzt ungefähr eine halbe Stunde fehlt, oder?"

„Nee, da machen wir uns lächerlich. Ich würde vorschlagen, du suchst im oberen Bereich, die Ecke A1 bis B100, ich von C1 bis D100, im unteren Bereich. Oder, was meinst du?"

„Sollen wir nicht in der Registrierungsstelle eine Vermisstenmeldung machen, Peter?"

Er schüttelte den Kopf. „Das wäre viel zu voreilig. Die sagen bestimmt, wir sollen jetzt erst mal eine Stunde abwarten, und in dieser Zeit könnten wir suchen."

„Okay, also starten wir, Peter. Wir treffen uns dann in einer Stunde am Büro der Registrierungsstelle. Hast du dein Handy dabei?"

„Natürlich, immer."

„Gut, bis gleich."

Sie trennten sich und liefen in die vereinbarten, konträren Richtungen. Es war kurz nach 21 Uhr und die Dämmerung nahm immer mehr zu. Das Gelände war jedoch durch über einhundert Laternen und beleuchteten Richtungspfeilern gut markiert. Momentan strahlten sie nur mit halber Kraft, je dunkler es wurde, umso stärker wurde die Intensität der Beleuchtung. Schließlich wusste man aus Erfahrung, dass sich zu später Stunde zahlreiche Teilnehmer in dem Areal bewegten. Viele nur um zu spazieren, manche, um hinter einem Baum Liebe zu machen. Suchaktionen gab es jedoch in den letzten zehn Jahren selten, zumindest nie solche, wo der oder die Gesuchte, nie mehr auftauchte.

15

Ich kam mit Bernd Hiddler kurz vor halb sechs am Parkplatz beim Großen Alpsee an. Der Froschweiher-Parkplatz ist der letzte große Parkplatz, bevor die Fahrstraße für Besucher Richtung Trieblings endet. Ab dem Parkplatz, ist es nur noch Anliegern, Zubringern und Fahrradfahrern gestattet, weiterzufahren. Vor allem Radler nutzen die Strecke im Sommer häufig, weil sie eine Teiletappe des Bodensee-Königssee-Radwegs, Richtung Oberstaufen-Lindau ist.

Beim Aussteigen sah ich erstmals seit einer Woche leichte Schleierbewölkung am Himmel. Wie die letzten Tage auch, war es wieder drückend schwül und nahezu windstill, deshalb war auf dem Alpsee auch kein Surfer zu entdecken.

Beim Blick zum Himmel meinte Bernd: „Wenn die ersten Anzeichen von Regen kommen, verziehen wir uns aber von da oben, okay?"

„Klar, Bernd. Meinst du, ich hab Lust in Schlamm und Nässe rumzuliegen? Bis Freitag wird das Wetter auf jeden Fall halten, sofern die Prognosen stimmen. Und zwei Tage reichen in freier Wildbahn."

Wir nahmen unsere Matten und Rucksäcke aus dem Wagen und schulterten sie um. Beim Blick auf die Parkuhr meinte Hiddler: „Paul, hier kannst du aber nicht bis Freitag stehenbleiben. Hier, schau: vier Stunden oder den ganzen Tag. Außer, du hast Lust, morgen wieder runter zu latschen, um den Parkschein zu erneuern."

„Du hast recht. Ich werde nach dem Essen den Wagen um-
stellen, ich weiß auch schon wo. Aber, jetzt lass uns baden
und was essen gehen, dann klär ich dich auf."

„Gibt's da außer Eis und Kuchen, auch was anderes?"

„Klar, lass dich überraschen. Vom Fischfilet über Schnitzel,
bis zu Flammkuchen gibt's fast alles. Die Küche wird allge-
mein sehr häufig lobend erwähnt."

„Prima, dann gibt`s meine Landjäger und Emmentaler mor-
gen im Laufe des Tages, als Snack zwischendurch."

Während ich in Kempten im Sportgeschäft die Iso-Matten
gekauft hatte, deckte sich Bernd bei „Norma" am Rathausplatz mit diversen Getränken und Fressalien ein.

Der „Froschweiher-Parkplatz" am Alpsee, wird durch die
Straße und das Bahngleis von der Ufer-Promenade getren-
nt. Wir gingen durch eine Unterführung und kamen unmittelbar vor dem Holzhaus des „Hauser Strandbads" raus. Da
es Eintritt kostet, ist es nicht so überlaufen wie der Rest der
Liegeplätze an der Ufer-Promenade. Die Anlagen sind dafür
umso gepflegter und abgezäunt.

Am Eingangsbereich geht's links an der Kasse vorbei, die zur
Liegewiese führt, rechts direkt auf die Terrasse des Cafes,
damit auch die Radler und Spaziergänger vom Wirt „einge-
fangen" werden können. Hunderte von Wanderer und Rad-
fahrer nutzten tagtäglich nur die Gastronomie.

Wir zahlten 3,50 Euro Eintritt und gingen dann zur Liegewiese. Dort fanden wir – wie von mir erwartet – noch ge-

nügend freie Plätze vor. Wir belegten einen schattigen Platz unter einem Baum, wo wir die Matten nebeneinander ausbreiteten.

„Gehst du mit ins Wasser?", fragte ich Bernd, während ich meine Badehose – hinter einem Baum stehend – anzog.

Er tat das gleiche wie ich und erwiderte: „Klar, ich war diesen Sommer bisher nur einmal beim Baden, am Öschlesee vor zwei Wochen."

Ich trug eine weite Nike-Badeshort, Bernd eine enganliegende und bunt gemusterte, die in den 70er Jahren bestimmt einmal sehr populär war.

Das Wasser war warm und der Wellengang ruhig, ideal für Stand-Up-Paddler, die zu dutzenden unterwegs waren, aber beschissen für die ganzen Surfer und Segler, die nur an den Uferzonen rumlagen. Es war kurz nach halb sechs, und viele Badegäste räumten schon ihre Sachen zusammen. Wir mussten erst fünfzig Meter bis auf Wadenhöhe ins seichte Wasser laufen, bevor es endlich tiefer wurde und wir mit dem schwimmen beginnen konnten. Das Wasser war klar und man konnte bei jedem Schwimmzug ziemlich weit auf den Grund blicken.

„Herrlich", schnaubte Bernd wie ein Walross neben mir. „Fast so warm wie in der Badewanne. Vorhin hab ich auf dem Schild gesehen, dass das private Bad hier, nur bis 19 Uhr geöffnet hat."

„Das reicht ja", antwortete ich. „Wenn wir wieder draußen sind, gehen wir essen und dann hauen wir ab. Ideale Zeit für eine kleine Wanderung, und um ein schönes Plätzchen zu finden. Es ist nicht mehr so heiß und es sind dann kaum noch andere Leute unterwegs."

Wir drehten um und steuerten wieder unseren Wiesenplatz an. Mittlerweile waren nur noch knapp zwanzig Badegäste in dem weitläufigen Areal zu sehen. Wir trockneten uns ab und zogen ein frisches Shirt an.

„Okay, Bernd, also gehen wir zum speisen", sagte ich. „Das Schöne am Schwimmen ist, dass man immer gleich hungrig wird."

Bernd nickte bestätigend, und wir liefen die fünfzig Meter bis zur Terrasse, auf der noch reger Betrieb herrschte. Vier der zwölf Tische waren noch frei, und wir nahmen einen kleinen Rundtisch mit tollem Seeblick.

Als wir saßen und eine große, schwarze Tafel mit weißer Kreideschrift an der Hauswand stehen sahen, war die Enttäuschung groß: WARME SPEISEN BIS 17 UHR, stand darauf.

„Scheiße", knurrte ich, „man merkt, dass ich schon lange nicht mehr hier war."

„Tja, Pech gehabt, mein Lieber. Wir werden uns doch mit Süßem begnügen müssen, und notfalls später auf unserem Mattenlager mit meinen Landjägern und Brezen. Oder sollen wir noch woanders hin zum Essen?"

„Keine Panik, Bernd. Ich werde das klären. Das macht man am besten auf dem Weg zum Klo."

„Aha", meinte er nur und schielte auf die Eiskarte.

Ich stand auf und kam drei Minuten später grinsend zurück. „Okay, geklärt. Wir kriegen noch unser warmes Essen."

Es war jetzt 18.20 Uhr.

„Hast du jetzt die Bedienung bestochen?", lachte Hiddler erstaunt.

„Kann man so sagen, aber genauer gesagt war`s der Koch, und der ist gleichzeitig der Chef. Wir dürfen nur nicht zu lange trödeln, die Bedienung kommt gleich und nimmt die Bestellung auf. Bis halb acht, will er den Laden auflassen, dann sollten wir fertig sein."

Bernd sah auf die Uhr. „Noch über eine Stunde, das reicht locker."

Auf kleinen schwarzen Tafeln, die überall an der Wand lehnten, sahen wir schon den größten Teil der Gerichte, dann eilte auch schon die Bedienung um die Ecke. Sie war Anfang dreißig, vollschlank und mit vielen Sommerspros-sen übersät. Sie trug ein schickes Dirndl mit weitem Aus-schnitt. Unter der rechten Achsel hatte sie sich zwei Speise-karten geklemmt.

Als sie uns die Karten in die Hände drücken wollte, meinte Bernd: „Schon geklärt, schöne Frau. Mein Freund nimmt das Argentinische Rindersteak mit Pommes, ich das See-lachsfilet mit Rosmarin-Kartoffeln, dazu gemischte Salat-teller und zwei Schöfferhofer Weißbier."

„Alkoholfrei oder mit Grapefruitgeschmack?", fragte sie.

„Ich mit Alkohol, mein junger Freund das versüßte."

„Das ist mir die liebste Kundschaft! Herren, die sich schnell entscheiden können", nickte sie zufrieden. Dann gewährte sie uns noch einen kurzen Einblick in ihr Dekollete und ging.

Keine fünfzehn Minuten später standen zwei duftende, riesige Teller auf unserem Tisch. Neidisch warfen die noch vorhandenen Gäste – fünf an der Zahl – einen Blick auf unseren Tisch, und stocherten dann nur noch lustlos auf ihren Kuchenstücken herum.

„Einen Guten, mein Lieber", erfreute sich auch Bernd bei diesem appetitlichen Anblick.

„Lass es dir schmecken, Doc. Deine Landjäger kannst du dir noch für morgen aufheben."

Es schmeckte so gut wie es roch.

Um 19.15 Uhr warf die Bedienung einen Blick auf unseren Tisch. Außer uns, saßen nur noch drei Leute auf der Terrasse. Wahrscheinlich durfte seit einigen Minuten niemand mehr ins Cafe. Auch die Badeanstalt schloss um 19.30 Uhr ihre Pforten.

Um 19.20 Uhr war ich mit dem Essen fertig und stand abrupt auf. „Bernd, du kannst dir ja noch ein Viertelstündchen Zeit lassen, und einen Espresso oder Dessert genehmigen, ich stell schnell mein Auto um. Sollte ich es bis halb acht nicht schaffen, warte auf der Bank draußen, gleich nach dem Eingang, okay? Hier, ich lad dich ein." Ich klemmte einen Fünfziger unter sein leeres Weizenglas. „Das sollte reichen."

„Okay, also wenn du in zwanzig Minuten nicht da bist, ruf ich die Polizei", kicherte er mit einem Kartoffelstück im Mund.

„Mach das, und ruf auch gleich die Wasserwacht, die ist nämlich hier gleich daneben. Und pass auf unsere zwei

Rucksäcke auf." Dann lief ich eilig davon.

19.55 Uhr

Sie hatten ihn noch nicht rausgeschmissen. Als ich die Terrasse betrat, aß Bernd – als letzter Gast – gerade den letzten Bissen seines Tiramisus auf.

„Gerade eben wollte ich die Polizei verständigen", grinste er schmatzend, als ich mich wieder saß. „Bezahlt ist schon alles, bis 20 Uhr hatte ich noch Schonfrist, du kommst sozusagen auf den letzten Drücker. Wo warst du jetzt in der halben Stunde? Hast du am Viehmarktplatz in Immenstadt geparkt? Hier gibt's doch nirgends ein Hotel, oder?"

„Der Viehmarktplatz ist zu weit weg, außerdem kann man dort auch nur einen Tag stehenbleiben. Ich habe einen näher gelegenen Parkplatz gefunden, da spielt es keine Rolle wie lang ich steh. Es gibt ungefähr zwei Kilometer von hier, ein Hotel in der Missener Straße, nämlich das „Hotel Rothenfels". Auf der unteren Ebene ist der Platz so groß, das niemand darauf achtet, wenn ein Fahrzeug mal länger stehenbleibt, sofern es nicht gerade ein Bus ist. Ich war dort schon mal beim Essen."

„Gut, dann können wir ja aufbrechen, Paul. Die Sonne geht gleich unter, und mit Taschenlampe einen Platz zu suchen, ist nicht mehr so lustig."

„Wohl wahr. Auf ins Abenteuer."

16

Es war mittlerweile stockdunkel, und nur die Laternen im Gelände verbreiteten noch genügend Licht. Peter und Alida beschlossen die Polizei zu informieren, irgendetwas musste mit Trietje passiert sein.

Sie trafen sich im Registrierungsbüro, wo sie der ratlose Martin Knoll ansah, der Bürodienst bis 22 Uhr hatte. Danach wurde wie jeden Tag, das Büro bis 8 Uhr früh wieder geschlossen. Knoll war Mitte dreißig und untersetzt. „Und ihr wollt allen Ernstes, wirklich die Polizei anrufen?", fragte er mit schläfrigen Augen. „Meint ihr nicht, dass sie noch auftauchen könnte? Vielleicht hatte sie in Immenstadt ein Date?"

„Bestimmt nicht", erwiderte Alida, „da hätte sie bestimmt Bescheid gegeben. Sie muss auf dem Weg zum Zelt überfallen und verschleppt worden sein."

„Kann ich mir wirklich nicht vorstellen", meinte Knoll, „so was fällt doch auf. Da war`s noch hell, und jedem wäre das sofort aufgefallen."

Jetzt mischte sich auch Peter Kelly ein. „Vielleicht liegt sie betäubt in irgendeinem Zelt, das merkt doch niemand?"

„Wir sind hier bei den Buddhisten", knurrte Knoll, „das sind die friedlichsten Menschen der Welt. Da macht niemand so einen Unfug. Aus welchem Grund denn?"

Peter wurde langsam wütend. „Auch unter den Buddhisten kann es schlechte Menschen geben. Außerdem, wer sagt uns denn, das hier auch jemand ist, der mit Buddhismus gar nix am Hut hat?"

„Sehr fragwürdige These", entgegnete Knoll, „nur weil eure Freundin weg ist. Aber, das ist eure Sache. Ihr könnt auch gern die Polizei anrufen. Ich hab jetzt gleich Feierabend und warte hier nicht, bis die Bullen hochkommen. Ich arbeite nur in der Verwaltung und übernachte nicht hier oben."

Alida und Peter merkten, das dem dicken Mann das Ganze ziemlich langweilte.

„Ah, Leute. Jetzt fällt mir doch noch was ein", meldete sich Knoll Kaugummikauend wieder zu Wort.

Alida zog die Augenbraue hoch: „Was?"

„Wir haben dieses Jahr eine neue Lautsprecheranlage installiert, die wurde seit Sonntag noch gar nicht eingesetzt. Soll ich eine Durchsage übers ganze Gelände machen? Es sind vier große Megaphone übers Gelände verteilt."

„Ja, tue das bitte", bat Alida.

„Einen kleinen Moment. Ich muss mir schnell die Genehmigung dazu einholen. Ich ruf schnell den Verwaltungsleiter in Akams an."

Er griff zum Hörer der Telefonanlage und hatte nach wenigen Sekunden, Günther Bauer an der Strippe. Zufrieden legte Knoll nach einer Minute wieder auf. „Okay, geht klar. Wie heißt bitte deine Schwester, und wie sieht sie ungefähr aus?"

Alida beschrieb sie, und wenige Sekunden später ertönte eine laute Ansage über das Gelände:

„ACHTUNG! ACHTUNG! Die 29-Jährige Trietje Basten, wird seit circa zwei Stunden vermisst. Sie ist schlank, etwa eins siebzig groß und hat rotbraunes, langes Haar. Sie hat zuletzt an einer Meditation um 19 Uhr teilgenommen, und ist nach einer Pause nicht mehr aufgetaucht."

Er hielt kurz inne: „Darf ich deine Handynummer durchgeben, Alida? Dann können sich Zeugen gleich direkt bei dir melden. Bis morgen um 8 Uhr, ist niemand hier im Büro."

Alida schrieb sie auf einen Zettel und reichte ihm das Blatt. Gleich darauf sagte Knoll die Nummer durch und sah sie an. „Okay, Leute, jetzt ist es 22 Uhr. Mehr kann ich nicht mehr für euch tun. Wenn sich die nächsten zwei Stunden nichts tut, könnt ihr euch ja immer noch überlegen, bei der Polizei anzurufen. Ich pack`s jetzt."

Dann stand Knoll auf, schaltete alles ab und begleitete sie nach draußen. „Ich wünsch euch auf jeden Fall viel Glück. Bis morgen."

Er lief zu seinem E-Bike, während Alida und Peter ums Haus liefen. Sie fasste ihn am Arm und fragte: „Glaubst du, Peter, das bringt was, oder sollen wir lieber gleich die Polizei anrufen?"

Er zuckte mit den Schultern. „Ich weiß es nicht Alida, ich weiß es wirklich nicht. Ich glaube, wie sollten zumindest noch eine Stunde warten, damit wir sehen, ob die Durchsage was gebracht hat."

Plötzlich sahen sie ein blinkendes Licht im Nachthimmel,

das sich rasant schnell, in Form eines Fahrzeuges, auf der Serpentinenstraße näherte.

Alida begann zu zittern, auch Martin Knoll verharrte sitzend auf dem Sattel seines Bikes.

„Ein Krankenwagen?", fragte Alida.

Peter Kelly kannte aus vergangenen Zeiten den „Blink-Unterschied" zwischen Sanitäts- und Polizeiwagen. „Polizei!", sagte er mit dem Brustton der Überzeugung. Dann schoss der blinkende Wagen um die Kurve, und blieb mit quietschenden Reifen vor dem historischen Gebäude stehen. Ein typischer Audi-Polizeiwagen.

Peter lag richtig und Alida begann zu zittern.

17

Sie liefen dem blinkenden Polizeifahrzeug hastig entgegen, etwas Bedrohliches lag in der schwülen Luft. Auch Martin Knoll schwang sich hastig wieder vom Sattel. Zwei uniformierte Polizisten stiegen aus. Erst seit wenigen Tagen trugen auch einige Dienststellen im Allgäu, die neuen blauen Polizei-Uniformen.

Alida spürte, dass es nur mit ihrer Schwester was zu tun haben konnte. Auch andere Camp-Teilnehmer waren auf das Blinken – ohne Sirene – aufmerksam geworden, und umringten neugierig die Polizisten.

„Lass mich mal durch, Leute", knurrte Knoll, und drängte sich mit beiden Händen durch die immer größer werdende Schar von Schaulustigen. „Ich bin Martin Knoll, einer der Verwaltungsmitarbeiter. Ist irgendwas passiert?"

„Ja, leider", erwiderte der größere der beiden Polizisten. Er war Anfang vierzig, trug Brille und hatte deutlichen Bauchansatz, sodass sein Hemd fast platzte. Sein jüngerer Kollege war um die dreißig, spindeldürr, mit pechschwarzem Haar. „Mein Name ist Günter Elgass, das ist mein Kollege Herzog. Wir sind seit einer halben Stunde im Nachtdienst, und haben leider vor wenigen Minuten einen furchtbaren Unfall aufnehmen müssen. Anscheinend ist, oder in dem Fall, war, die Dame, Teilnehmerin eures Sommercamp." Er zog eine Karte aus seiner Brusttasche, die wie eine Gesundheitskarte aussah, aber nur aus billigem Kunststoff ohne Portraitbild war.

Alida, die mittlerweile gebannt vor ihm stand, riss ihm die Karte aus der Hand. Jeder Teilnehmer des Sommercamps bekam am Tag der Ankunft nach seiner Registrierung solch eine Karte.

„Sie sind ihre Freundin?", fragte Elgass mit ruhigem Tonfall.

„Schwester", antwortete Alida mit zitternder Stimme. „Alida Basten. Was ist mit ihr passiert? Wo haben Sie die Karte gefunden?"

Gebannt hörte auch Peter Kelly auf die Antwort des Polizisten.

„Wir haben die junge Frau, ungefähr vier Kilometer von hier gefunden, auf der Bundesstraße Richtung Missen. Sie ist einer anderen Autofahrerin vors Auto gelaufen. Sie wurde ... "

„N E I N ! Alida brüllte, wie von einem Stich ins Herz getroffen, in den Nachthimmel. „Nein! Nein! Nein!"

Kelly hielt sie, damit sie nicht umfiel. „Ist sie ... Ist sie tot?", fragte er leise.

„Ja, tut mir sehr leid." Der Polizist senkte den Kopf, sein Kollege sah betrübt in den Nachthimmel. „Tut mir wirklich sehr leid. Wir wurden vor einer halben Stunde über Funk verständigt, um den Unfall aufzunehmen. Die Fahrerin konnte anscheinend nichts dafür. Sie steht unter Schock und wird zurzeit medizinisch betreut."

„Sie kann doch nicht einfach umgefahren worden sein", stotterte Peter. „War die Fahrerin betrunken?"

„Nein, keinerlei Anzeichen. Die junge Frau muss ihr von

einem Waldstück kommend, einfach vor ihren Subaru gelaufen sein. Morgen wird alles nochmals eingehend untersucht, aber so, wie es aussieht, kann die Fahrerin definitiv nichts dafür. Als sie bremste, war der Aufschlag schon vorbei."

„Können wir Trietje sehen?", fragte Peter.

„Äh, das ist momentan nicht möglich. Die Leiche wurde vor ein paar Minuten nach Kempten in die Rechtsmedizin gefahren", meinte Herzog.

„Rechtsmedizin? Warum das denn?", fragte Peter.

„Das ist so üblich. Es könnte ja auch sein, dass die Frau unter Drogen stand, oder von jemandem gejagt wurde."

„Was erzählen Sie da?", schluchzte Alida. Sie wäre am liebsten auf die Polizisten losgegangen. „Wer sollte Trietje denn jagen? Und Drogen hat sie noch nie genommen?"

„Beruhigen Sie sich, Frau Basten", meinte Elgass. „Das sind jetzt alles nur Thesen, das kann natürlich auch ganz andere Ursachen haben. Aber erst letzte Woche, hat ein Motorradfahrer an ähnlicher Stelle, einen grauenvollen Unfall gehabt, bei dem eine Frau und ihre zwei Kinder verstarben, deshalb ist unser Chef besonders sensibilisiert. Da lag die Schuld aber zu hundert Prozent an dem Fahrer, in diesem Fall sieht's genau andersrum aus. Ein Sachverständiger wird aber morgen prüfen, ob die Frau wirklich so langsam fuhr, wie sie uns beteuerte. Nichts destotrotz, kann sie aber nichts dafür, wenn in einer Kurve plötzlich jemand auf die Fahrbahn springt, da hätte auch ein Traktor nicht mehr ausweichen können."

„Aber es ist doch üblich, dass die Angehörigen in solchen Fällen sofort die Tote identifizieren müssen", ließ Peter Kelly nicht locker.

„Sie müssen uns halt vertrauen, ansonsten hätte ja ein Fremder diese Karte gehabt", erwiderte Elgass.

Die anderen Teilnehmer standen mucksmäuschenstill, wie bei einer Trauerfeier um die Redenden. „Eventuell", fuhr Elgass fort, „nimmt morgen die Kripo in Kempten, die weiteren Ermittlungen auf.

„Kripo? Warum das denn?", fragte Martin Knoll.

„Routine", meinte Elgass. „Frau Basten, geben Sie uns bitte ihre Handynummer. Wir, beziehungsweise die Kripo, wird sie morgen in die Rechtsmedizin nach Kempten vorladen. Aber, ich muss Sie leider vorwarnen: Die Verstorbene, äh... ist schwer zu erkennen."

„Wa...rum?", stammelte Alida weinend.

Elgass war es sichtlich unangenehm weiterzureden, aber er wusste, er musste der jungen Frau reinen Wein einschenken. „Bei dem Aufprall ist ihre Schwester einige Meter durch die Luft geflogen. Trotz einer sofortigen Vollbremsung, überrollte die Fahrerin ihre Schwester auf dem Boden liegend. Einer der Fahrzeugreifen rollte auch über den Kopf, und der ist als solches, nicht mehr erkennbar, er ist nämlich regelrecht zerquetscht."

18

Dr. Heyne hob die Decke an, und gab den Blick auf die Tote frei. Hauptkommissar Max Wild und seine Kollegin Regina Steinle drehten angewidert den Kopf zur Seite.

„Tut mir leid", sagte Dr. Heyne, „ich hätte Ihnen den Anblick gerne erspart."

Max Wildbolz, ein grauhaariger Endfünfziger, mit 30-jähriger Berufserfahrung, hatte in seinem langjährigen Berufsleben schon viele Tote betrachtet, aber eine solch „zermatschte" Leiche, hatte auch er noch nie gesehen. Sie war zweifach vom Vorder- und Hinterreifen überrollt worden, und der Schädel war nicht mehr erkennbar, da nur noch eine zerquetschte Knochen- und Blutmasse zu sehen war. Ein grauenvoller Anblick, auch für seine jüngere Kollegin.

„Könnte Suizid gewesen sein", schlussfolgerte Regina Steinle.

„Aber dafür gibt's doch weitaus angenehmere Tötungsarten. Oder würdest du dich so umbringen?", fragte Wildbolz sarkastisch.

Steinle zuckte ratlos mit ihren schmächtigen Schultern.

„Vielleicht hilft euch das weiter, Kollegen" meinte Heyne, „Natürlich haben wir auch das Blut untersucht, und jetzt kommt`s; die Tote stand unter Drogen!"

„Drogen?" Wildbolz hob die Augenbrauen. „Welche?"

„LSD. Ist nicht so häufig, wie viele andere Drogen."

Regina Steinle wusste, dass laut „Hitliste", die meisten zurzeit; Haschisch, Kokain und Chrystal Meth konsumierten. Sie war erst seit wenigen Monaten in der Mordkommission. Zuvor war sie fünf Jahre im Rauschgiftdezernat gewesen. In die Mordkommission zu kommen, bedeutete für jeden Kripobeamten einen Aufstieg. Aufgrund des dritten Toten innerhalb weniger Tage, waren sie vom Immenstädter PI-Leiter gebeten worden, sich in diesen Fall einzuschalten, obwohl bisher, noch keinerlei Anzeichen von Mord oder irgendeinem Fremdverschulden ersichtlich war.

Steinle hakte nach: „Doktor Heyne, lässt sich erkennen, wann die Tote das Rauschgift konsumierte? Hat sie es einmalig genommen oder regemäßig? Wie wird es eingenommen?"

„Viele Fragen auf einmal, liebe Kommissarin. Beginnen wir mit der letzten: Eingenommen wird es entweder klassisch, also mit der Nadel, oder mit Mahlzeiten und Getränken, meistens durch Zugabe von wenigen Tropfen. Bei dieser jungen Frau, war letzteres der Fall, weil auf den Armen – die relativ unbeschadet blieben – keine Einstiche zu sehen waren. So, wie ich es deute, hat sie es nicht dauerhaft konsumiert, sondern eher selten, oder gestern womöglich zum ersten Mal!"

„Schon merkwürdig", rätselte Wildbolz, mit Falten auf der hohen Stirn. „Warum ausgerechnet gestern?"

„Ja, und warum sprang sie auf die Straße?", rätselte Steinle.

„Was für euch Kommissare wahrscheinlich von größerer Bedeutung ist, sind wahrscheinlich die Nebenwirkungen."

„Und die wären?", fragte Wildbolz.

„Typische Ausfallerscheinungen, aber das schlimmste sind die entstehenden Halluzinationen", antwortete Dr. Heyne.

„Also, Wahnvorstellungen?", stellte Regina Steinle fest.

„Vereinfacht gesagt, ja. Nach der Einnahme, könnte sie sich verfolgt gefühlt haben, dann rannte sie blindlinks auf die Straße. Weitere Ursachen sind; Ängste, Depressionen, Mutlosigkeit und noch einiges andere."

„Regina", befahl Wildbolz, „ich möchte die nächsten Stunden die Lebensläufe der Toten haben. Ich glaube, dass es da schon Gemeinsamkeit gibt, die bisher noch niemand ahnt."

„Geht klar, Chef."

„Schau mal", er zeigte ihr den Monitor seines Smartphones, „das hier ist ein Kartenausschnitt von Google Maps. Hier", er zeigte mit dem Finger drauf, „ist diese Basten auf die Fahrbahn gesprungen. Und weißt du, was hier daneben liegt?" Er deutete auf einen großen Punkt.

„Ein großes Gebäude, eine Firma?"

„Richtig. Es ist ein Hotel, nämlich das Hotel Rothenfels. Es liegt von dieser Unfallstelle keine dreihundert Meter entfernt. Wir werden diesem Hotel einen Besuch abstatten. Vielleicht hat jemand diese Frau gesehen vor dem Unfall? Kurz vor halb acht, hat sie diese Meditation abgebrochen, um sich angeblich umzuziehen. Danach verloren sich ihre Spuren. Vom Camp zum Hotel Rothenfels sind es maximal dreieinhalb Kilometer. Also, zu Fuß, in normalem Spaziertempo, so ungefähr 45 Minuten."

„Und dort könnte sie sich mit jemand verabredet haben, der sie später in den Tod jagte?", mutmaßte Steinle.

Wildbolz nickte. „Der sie zuvor mit Rauschgift versorgte."

„Im Spekulieren seid ihr schon mal ganz gut", bemerkte Dr. Heyne süffisant. „Also, mich braucht ihr vorerst nicht mehr, oder?"

„Doch, was ist mit den anderen Leichen? Irgendwas auffälliges an den beiden Männern?"

„Bei dem ersten Toten, der den Abhang hinunterkugelte, gab`s keine Auffälligkeiten, bei dem zweiten hab ich ein paar Einstiche entdecken können."

„Wo?", fragte Steinle.

„Nicht wie bei Süchtigen an den typischen Armstellen, sondern zwei am Rücken."

„Am Rücken?" fragte Wildbolz baff. „Da kommt er doch gar nicht selbst hin."

„Eigentlich nicht, oder extrem schwierig. Er würde gar nicht richtig sehen, wo er sich einspritzt. Warum und weshalb die Spritzen verabreicht wurden, kann ich euch nicht sagen. Die Blutwerte waren normal, außer, dass der Mann erhöhte Cholesterinwerte hatte. Aber diese Droge kann sich relativ schnell abbauen, und dieser Tote wurde nicht sofort auf seine Blutwerte untersucht wie bei der Frau hier."

„Das lässt eine neue Vermutung zu", meinte Wildbolz.

„Das er gespritzt wurde", schlussfolgerte Steinle. „Lässt sich der Zeitpunkt sagen, wann die Spritzen verabreicht wurden, Doc?"

„Nicht präzise auf den Tag, aber ich würde mal sagen, innerhalb der letzten acht Tage."

„Denkst du das gleiche wie ich, Chef?", fragte Regina Steinle und sah ihren Vorgesetzten dabei an.

„Dass ihm die Spritze gewaltsam verabreicht wurde, meinst du?"

„So sieht`s aus. Damit ließe sich ganz langsam was rekonstruieren."

„So, dann offenbare mir mal deine These, Regina."

„Den letzten beiden Toten wurde eine Spritze verabreicht, die sie zu Handlungen verleitet haben, die sie normalerweise nicht machen. Der eine Typ geht in den See und sauft kurze Zeit darauf auf. Die junge Dame hat die Droge verabreicht bekommen, und rennt kurze Zeit darauf auf die Straße. In irgendeiner Sache haben Sie vielleicht was herausbekommen, was einen möglichen Täter dazu verleitet haben könnte, sich dieser Herrschaften zu entledigen."

„Gute Idee", antwortete Wildbolz. „Jetzt müssten wir nur noch eine Gemeinsamkeit feststellen können, die die Toten in irgendeiner Art und Weise miteinander verbindet."

„Ich habe die Schwester der Toten, Alida Basten, herbestellt, zur Identifizierung der Leiche. Wenn sie in der Lage dazu ist, kann sie uns vielleicht im Anschluss mehr über ihre Schwester erzählen, als in den Protokollen der Immenstädter Polizei steht."

Wildbolz sah auf die Uhr. 10.35 Uhr. „Wann hast du sie herbestellt?"

„11 Uhr", erwiderte Steinle.

„Gut, das reicht, um unsere Mutmaßungen telefonisch dem Chef zu erläutern, damit wir hier weiter ermitteln können. Vielleicht teilt er ja unsere Spekulationen. Regina, erinnerst du dich an die Gerüchte, die letztes Jahr schon die Runde machten, was das Gut Hochreute betraf?"

„Nur zu gut, aber das wurde nicht weiter verfolgt", erwiderte Steinle.

„Weil niemand die Notwendigkeit sah, und weil es keine Personenschäden gab. Deshalb sah der Staatsanwalt auch keinen Handlungsbedarf."

„Und an vielen Gerüchten, ist meistens ein Fünkchen Wahrheit dabei", pflichtete ihm Regina Steinle bei.

„Frag doch mal deine ehemaligen Kollegen", bat Wildbolz, „dass sie uns diese „Gerüchte" mal zukommen lassen. Vielleicht können wir irgendwas aus den Akten rauslesen, was letztes Jahr noch als unbedeutend erschien."

„Mach ich gleich, wenn du mit dem Chef telefonierst."

10.45 Uhr.

„Gut, wir haben noch eine gute Viertelstunde Zeit, bis diese Basten kommt", meinte Wildbolz.

Doktor Heyne war immer noch im Raum und hatte einen Bericht am Laptop verfasst. „Dann kann ich ja auch gleich hierbleiben, oder wollt ihr die Unterredung mit dieser Frau ohne mich führen?"

„Bleiben Sie bitte, Doktor Heyne", bat Wildbolz. „Vielleicht treten noch Fragen auf, die Sie besser beantworten können als wir. Eventuell könnten wir auch überlegen, noch den Pathologen hinzuziehen? Was meinen Sie, Herr Heyne?"

„Halte ich nicht für nötig. Der würde die Leiche höchstens noch auf eventuelle Erbkrankheiten untersuchen, aber das halte ich in dem vorliegenden Fall nicht für notwendig. Der Pathologe dient heutzutage in erster Linie dem lebenden Patienten und wird nur noch selten zur Obduktion hinzugezogen." Er deckte die Leiche zu, und alle drei verließen für einige Minuten den Raum.

***

Zwanzig Minuten später.

Alle drei saßen im gleichen Raum und saßen um einen runden Tisch. Regina Steinle hatte eine Thermokanne und fünf Becher mitgebracht. Es war genau 11.05 Uhr. Alida Basten war immer noch nicht eingetroffen.

11.10 Uhr.

„Jetzt könnte sie aber langsam auftauchen", knurrte Dr. Heyne. „Ich hab noch einiges zu tun. Eben haben noch zwei Kollegen von euch aus Kaufbeuren angerufen, die haben auch zwei Tote angekündigt, die sich bei einer Messerstecherei massakriert haben. Ein trauriges, primitives Volk ist das heutzutage."

Es klopfte laut an der dicken, weißen Stahltür.

Eine Person trat ein. Eine junge attraktive Frau mit Jeans

und rotem T-Shirt. „Basten, Alida Basten", sagte sie leise.

„Treten Sie näher, Frau Basten." Wildbolz lief ihr zügig entgegen. „Ich bin Hauptkommissar Wildbolz, und das ist meine Kollegin Steinle. Der Herr im weißen Kittel ist Dr. Heyne, unser Gerichtsmediziner."

Alle gaben ihr die Hand.

„Setzen Sie sich bitte", bat sie Wildbolz und schob noch einen Stuhl an den weißen Tisch. Er wollte sie nicht sofort zur Leiche bitten. Manche bekamen – vor allem in der Anfangszeit der Todesnachricht – oft einen Schock beim Betrachten der Angehörigen, und dann war eine vernünftige Unterredung nicht mehr möglich.

„Wie geht`s Ihnen?", fragte Regina Steinle ganz leise und sanft.

„Es geht so", erwiderte Alida zögerlich.

„Haben Sie einen Parkplatz gefunden?", fragte Wildbolz.

„Ich bin nicht gefahren. Ein Bekannter aus dem Camp hat mich hergefahren, aber der wollte nicht mit, weil ihm beim Anblick von Toten immer schlecht wird. Er sitzt gegenüber im Klinikum, in der Cafeteria, und wartet dort auf mich."

„Gut, meinte Wildbolz. „Zuallererst unser herzlichstes Beileid. Eine schlimme Sache, aber uns bleibt es leider nicht erspart, uns gleich ihre Schwester anzusehen. Können wir vorab ein paar Fragen stellen? Wir wurden von der Polizei in Immenstadt gebeten, dass wir uns in diesen Fall einschalten, aufgrund des mittlerweile dritten Todesfalls, innerhalb von nur wenigen Tagen. Möchten Sie Kaffee?"

„Ja, gern", erwiderte sie schüchtern.

Regina Steinle öffnete die Thermokanne, die sie vor wenigen Minuten auf den Tisch gestellt hatte, machte Alida einen Becher voll und reichte in ihr. Dann schwenkte sie die Kanne in der Luft und sah die beiden Männer an. „Ihr auch?" Beide nickten nur, dann schenkte sie sich und den Männern die Kunststoffbecher voll.

„Gut, Frau Basten", begann Wildbolz nach einem Schluck seines schwarzen Kaffees, „wir haben vorher versucht, einen Grund zu finden, warum sich ihre Schwester soweit vom Camp entfernt hat. Hat sie sich Ihnen gegenüber in irgendeiner Form mal geäußert, dass sie eventuell das Camp kurzzeitig verlassen wollte, um vielleicht jemanden zu besuchen? Hatte sie vielleicht eine Bekanntschaft außerhalb des Camps?"

Alida zuckte die Schultern. „Sie hat nie was erwähnt, dass sie sowas vorhatte und Bekanntschaften waren mir keine bekannt."

„Waren Sie letztes Jahr auch hier?", fragte Steinle.

Dr. Heyne stand auf, nachdem er den Kaffee getrunken hatte, und begab sich zum anderen Ende des Raumes, wo er sich an seinem Laptop betätigte.

„Ja, letztes Jahr waren wir zum ersten Mal im Camp. Wir haben schon ein paar Leute kennengelernt, aber das spielte sich alles im Gut Hochreute ab.

„Ich meine", setzte Steinle fort, „im Zeitalter des Internets, könnte Trietje ja auch eine virtuelle Bekanntschaft gehabt haben, von der Sie nichts wussten?"

„Sicher wäre das möglich, ich bin ja nicht blauäugig. Wir sind zwar Schwestern, aber auch wieder nicht solche, die sich wie Busenfreundinnen, immer alles lang und breit erzählen. Wir wohnen zwar beide in Rotterdam, aber jeder hat natürlich seine eigene Wohnung, ungefähr zwei Kilometer Luftlinie auseinander. Ich weiß nur, dass sie seit mindestens anderthalb Jahren keine feste Beziehung mehr hatte."

„Was machte sie beruflich?"

„Marketing-Assistentin. Sie war für die Werbung diverser Nestle-Produkte zuständig, die in vielen Warenhäusern in den Niederlanden erhältlich sind. Den größten Teil ihrer Bekannten kannte ich nur vom Hörensagen."

„Stand sie schon jemals mit Drogen in Kontakt?", wollte Wildbolz wissen.

Alida legte ihre Stirn in Falten. „Nein, warum? Wurde was gefunden bei ihr?"

„Nicht bei ihr", korrigierte Steinle, „sondern in ihr. Wir haben in ihrem Blut, Rückstände von Drogen entdeckt. Eventuell könnte Trietje gestern was eingenommen haben, unmittelbar vor ihrem Unfall."

„Was?" Das Verhalten von Alida wirkte bestürzt und für Wildbolz glaubhaft. „Sind Sie sicher?"

Absolut!", erklang es von Dr. Heyne, der sich ihnen wieder mit einem Blatt Papier genähert hatte. „Absolut sicher, hier sind ihre Laborwerte. Es gibt keinerlei Zweifel." Er setzte sich wieder.

Welche Drogen?", fragte Alida.

„LSD. Es gibt zwei Möglichkeiten: Entweder nahm sie die Droge von sich aus, oder ihr wurde es verabreicht, solche Fälle hatten wir auch schon."

„Unfassbar, ich kann`s kaum glauben", schluchzte Alida. „In den Niederlanden nehmen viele Drogen, dort sind mehr freigegeben als bei euch in Deutschland, aber das Trietje das Zeug nimmt – freiwillig – kann ich mir wirklich nicht vorstellen. Das muss ihr jemand verabreicht haben."

„An das dachten wir auch", bekräftigte Steinle. „So, jetzt müssen wir Sie leider zu ihrer Schwester bitten, Alida. Ich darf doch Alida zu Ihnen sagen?"

„Ja, sicher. Gern."

Alle standen auf. Der Obduktionssaal war etwa 60 Quadratmeter groß, und der Tisch auf dem Trietje lag, stand unmittelbar an der großen Fensterfront, die aber von außen nicht einsehbar war. Durch Kunstlicht und Tageslicht, waren die Sichtverhältnisse im Raum sehr gut.

„Wir lassen den Kopf bedeckt", sagte Dr. Heyne. „Gibt es sonst noch Merkmale, an denen Sie ihre Schwester sofort erkennen würden?"

„Ja, sie hat zwei Tätowierungen. Eine an der Schulter, und die zweite an der rechten Hüfte. Auf der Schulter, ein Skorpion, an der Hüfte ein Anker. Dann hat sie noch ein Piercing an der rechten Brustwarze."

Heyne nahm die Decke weg und hielt den Kopf bedeckt. Als Alida den Körper betrachtete, wurden ihre Augen feucht und sie zitterte leicht. Dr. Heyne sah mit ihr die beschrieben Stellen an der Leiche an, die Kommissare hielten sich ruhig im Hintergrund.

„Absolut zutreffend, exzellent beschrieben, Frau Basten",
meinte Dr. Heyne. „Alles trifft zu, deshalb brauchen wir
auch keinen Zahnabgleich mehr zu machen."

Wildbolz sah aus dem Fenster. Von außen konnte man
nicht reinsehen, aber hinaus umso besser.

Gegenüber, in etwa siebzig Meter Entfernung, war die Kli-
nik. Neben dem Haupteingang der Cafeteria, saß ein Mann
auf der Terrasse, der zum Fenster der Gerichtsmedizin
blickte. Es hatte den Anschein, als würde er Wildbolz tief in
die Augen sehen, aber der Mann konnte nicht durch das
Milchglas blicken. Ein Mann, den Wildbolz bestens kannte.
Auch er war bei der Gerichtsverhandlung dabei, als er freigesprochen wurde. Vor sechzehn Monaten war er der
meistgehasste Mann der Republik.

Peter Kelly.

19

Alida und Peter waren seit zwei Stunden wieder im Gut Hochreute, und saßen in einer Lounge des Verflegungszeltes. Vor einer halben Stunde hatten sie zu Abend gegessen. Die „Lounge-Ecke" war nicht mit Holzbänken und ungemütlichen Stühlen versehen, sondern ausgestattet mit vier riesigen, schwarzen Ledersofas und zwanzig komfortablen Sesseln. Wie überall auf dem Camp, gab es auch hier nur Selbstbedienung, außer, es gab Medienbesuche, dann wurde eine Service-Kraft eingesetzt die bediente und die kleine Bar besetzte.

Peter hatte auf einem Tablet zwei Latte Macchiato geholt, und beide löffelten schweigend in ihrem Glas herum. Um sie herum war es relativ ruhig. Zusammen bummelten sie nach der Obduktion noch durch Kempten, bevor sie kurz nach fünf wieder zum Gut fuhren.

„Was haben sie denn festgestellt?", fragte Peter neugierig und setzte sein schaumiges Glas an die Lippen.

„Wer?"

„Na, der Gerichtsmediziner."

„Merkwürdiges."

Er sah sie ratlos an. „Was war denn so merkwürdig?"

„Die ganzen Umstände. Der Ort des Geschehens, und das ganze drum herum. Aber das Schlimmste: Trietje stand anscheinend unter Drogen!"

„Um Gottes Willen. Was hat sie genommen?"

„Eine Droge, die in den letzten Jahren nicht mehr so häufig konsumiert wurde; LSD."

„LSD? Das war, so viel ich weiß, eine Party-Droge, aber vorwiegend in den 70- und 80er Jahren. Und das war dir nie bewusst bei Trietje?"

„Sie trank den Rest ihres Glases leer und sah ihn mit flackernden Augen an. „Nie. Aber die Polizisten, die bei der Obduktion waren, mutmaßen, dass ihr das verabreicht wurde. Wahrscheinlich vom Täter, damit es so aussieht, dass sie in ihrem Delirium auf die Straße sprang."

„Heiße Theorie. Wobei ich von „Medical Detectives" weiß, das es solche Fälle von Bewusstseinstrübung wirklich gibt. Das sind wahre Fälle, und da hat einmal ein Täter im Wahn, seine ganze Familie ausgelöscht. Nach Einnahme von LSD erliegen viele einer Wahnvorstellung, und schrecken womöglich vor nichts mehr zurück."

Sie sah ihn ratlos an. „Mag sein, aber ob uns das jetzt bei der Ursachenforschung hilft?"

Nach Beendigung des Satzes blickte sie über seinen Kopf, und sah einen Mann, der hinter Peter flüsternd seinen Zeigefinger an die Lippen hob. Hinter dem attraktiven Mann, stand ein älterer, der sein Vater sein konnte. Sie hatte die beiden hier noch auf dem Gelände gesehen.

Der jüngere tippte auf die rechte Schulter von Kelly, und stellte sich dann leicht links versetzt von ihm hin. Eine kindische Geste, wie sie Alida noch von der Schule her kannte. Peter sah – wie erwartet – rechts über seine Schulter und sah nur die Zeltwand, während sich der Mann schlagartig links neben ihn setzte. Selbiges tat der ältere Mann, der sich jetzt neben den anderen setzte.

Dann blickte Kelly irritiert auf die linke Seite, und sein Gesicht verzog sich zu einem freundlichen Grinsen, als er dem Mann ins Gesicht sah.

„Paul, altes Haus! Na, das ist ja eine Freude, dich hier zu sehen. Und, wer ist denn da daneben? Kaum zu glauben, Dr. Hiddler!"

Alida sah alle amüsiert an. Anscheinend alte Bekannte, die Peter hier aufsuchten. Kein Wunder, er wohnte ja nicht allzu weit weg.

„Hi, Peter. Wie geht's unter deinen „Buddhisten-Jüngern"? Ich hab dir gleich deinen alten Hausarzt mitgebracht, falls dir das viele Meditieren, Kopfweh bereiten sollte." Dabei grinste er wie ein Honigkuchenpferd.

Der alte Mann stand kurz auf, beugte sich in Kelly`s Richtung und reichte ihm die Hand. „Hallo, Peter! Na, alles im grünen Bereich?"

„Alles bestens", erwiderte Peter. Ein gequältes Lächeln kam über sein Gesicht, als ob ihm der Besuch des älteren Herrn, alles andere als Freude bereiten würde.

Natürlich hatte Peter seine Bedenken. Die beiden konnten hier in Anwesenheit von Alida, Dinge ansprechen, die für ihn alles andere als angenehm waren. In Alidas Augen war er jetzt schließlich ein ehemaliger Bestsellerautor, der immer noch von seinen Tantiemen lebte. Er musste versuchen, die beiden lieber unter sechs Augen zu sprechen. „Das ist übrigens, Alida", stellte er sie trotzdem vor. Wieviel konnte er vor den beiden ansprechen? Wussten sie von Trietjes Unfall, oder von den beiden anderen? Er hatte nur per WhatsApp mit Paul Kontakt gehalten, aber da wurden eher nur banale Dinge ausgetauscht. Zu spät.

„Sag mal, Peter" begann ausgerechnet Bernd Hiddler. „Was ist denn bei euch hier los? Im Radio und der Zeitung hört und liest man ja furchtbare Dinge. Da hätte ich ja Angst, hier zu übernachten, gut, dass wir unter freiem Himmel pennen."

Peter musste jetzt die „Notbremse" einlegen, sonst würden sie ihm noch Alida vergraulen. „Lasst uns nach draußen gehen, Freunde. Ich glaube, Alida, ist es jetzt nicht nach diesen Geschichten, sie ist leider auch eine Betroffene. Ihre Schwester hatte gestern diesen tragischen Unfall."

Das hätte er aber nicht mehr zu sagen brauchen. Bevor er noch die letzte Silbe aussprach, war sie bereits aufgestanden und verließ wortlos das Zelt. Es war 20.15 Uhr.

20

„Freunde, das eben war Alida, die Schwester der Toten von gestern! Ihr hättet euch ja – zuerst – mit mir allein verabreden können, als gleich hier so reinzuplatzen. Die Frau hat bereits genug durchgemacht, dann wird sie wieder mit diesem schrecklichen Thema konfrontiert. Wir waren erst vor ein paar Stunden noch im Obduktionssaal in Kempten, wo sie die entstellte Leiche identifizieren musste."

Bernd Hiddler sah ihn beschämt an. „Das konnte ich nicht ahnen, tut mir sehr leid."

„Wir wollten dich schließlich überraschen, Peter", ergänzte ich, und versuchte Hiddler damit in Schutz zu nehmen.

„Freut mich ja, aber eine SMS mit Besuchs-Ankündigung, wäre sinnvoll gewesen, dann hätte ich Alida schon über euch berichtet. Jetzt ist sie vermutlich zum Schlafen."

„Wir wollten dich schon früher aufsuchen", log ich, „aber du warst leider nicht zu finden." Dabei stieß ich Bernd mit dem Fuß unter dem Tisch an.

„Wie gesagt, ich war mit Alida in der Rechtsmedizin, anschließend bummelten wir noch durch die Fußgängerzone, bis wir kurz nach fünf wieder hierherfuhren."

„Ach, so", meinte Hiddler. „Ich hol uns schnell an der Theke was zu trinken. Möchtet ihr auch was?"

„Nimm mir bitte ein Apfelschorle mit", bat ich ihn.

Peter verneinte mit einem Kopfschütteln. Bernd stand auf

und ging gemächlich zur Theke.

„Warum hast du ihn mitgenommen?", fragte Peter.

„Freust du dich nicht? Immerhin war er mal dein ehemaliger Nachbar und Hausarzt. Er wollte auch wissen, wie es dir nach deiner Haftentlassung so geht, und warum du zum Buddhismus übergetreten bist."

„Überraschung gelungen", sagte er mit einen wenig überzeugenden Grinsen im Gesicht. „Seid ihr direkt von Kempten hierher?"

„Du wirst es kaum glauben, wir haben in der freien Wildnis übernachtet."

„Was? Wo?"

„Nicht weit von hier. Maximal 700 Meter Luftlinie von eurem Camp entfernt. Etwas abseits von dem Wanderweg, der Richtung Zaumberg-Missen führt."

„Dass Hiddler, das mitmacht. Wirklich sehr erstaunlich."

„Hättest du ihm das nicht zugetraut?"

„Bestimmt viel, aber das bestimmt nicht."

Er hielt kurz inne, weil Hiddler mit zwei Flaschen Apfelschorle und einer Tasse Espresso auf einem Tablet wiederkam. Als er saß und mir das Glas reichte, fragte ihn Peter: „Und, Dr. Hiddler. Prima in der freien Natur geschlafen?"

„Zuerst, junger Freund, sag „DU" zu mir. Ich darf dich doch als Freund bezeichnen, oder? Ich würde als Älterer vorschlagen, wir duzen uns, schließlich kennen wie uns schon seit über dreißig Jahren kennen. Ich hab ja schon damals deine Eltern behandelt, als du noch im Kindergarten in Hintersee warst."

„Einverstanden. Wie hast du denn unter freiem Himmel geschlafen, Bernd?", wiederholte er.

„Schlecht. Das Schnarchen von Paul ist nicht so schlimm, aber die ganzen Nebengeräusche, die man so im Laufe der Nacht hört."

„Was für Nebengeräusche?", fragte Peter.

„Irgendwelche Tiergeräusche, vermutlich von Hirschen, Rehen oder Mardern. Vielleicht gibt`s da ja auch Murmeltiere, die sollen sehr nachtaktiv sein. Immer wenn ich kurz vor dem Einnicken war, hat mich ein Geräusch wieder munter gemacht."

Ich schüttelte den Kopf. „Also, Murmeltiere gibt's hier definitv nicht, die sind nur in den Hochalpen. Wahrscheinlich waren es Füchse, Eichhörnchen oder Eulen, die gibt es in den niederen Gefilden."

„Wie dem auch sei. Öfter tu ich mir das nicht mehr an. In meinem Alter von fast siebzig, braucht man einen komfortablen Schlaf. Ihr seid ja noch jung und abenteuerlustig, für euch ist das sicherlich ganz spannend."

Wir lachten, dann meinte Peter auf einmal: „Bernd, ich hab eine gute Nachricht für dich."

Er setzte seine Flasche nach einem langen Zug ab, und sah ihn erwartungsvoll an. „Welche?"

„Wie dir Paul bestimmt schon erzählt hat, schlaf ich ja nicht im Zelt, sondern in einem schicken Einzelzimmer, neben dem Gebäude, wo sich die Registrierungsstelle befindet."

„Du Glücklicher", antwortete Hiddler. „Jetzt sag aber nicht, dass ich in deinem Zimmer schlafen darf?"

„Das will ich dir nicht zumuten, ich schnarche bestimmt viel stärker als Paul. Es kommt noch viel besser. Du kannst eventuell ein eigenes Zimmer haben."

„Wo?"

„Direkt neben mir. Aber, du musst auf Zack sein, sonst ist es gleich vergeben."

Ich sah Peter missmutig an. Das hätte er auch mir anbieten können, aber dann hätte ich mit Bernd Hiddler das Zimmer bestimmt teilen müssen.

Hiddler sah Peter Kelly erstaunt an und kippte seinen Espresso auf einen Zug hinunter. „Woher weißt du das? Ist der, der das Zimmer hatte, krank geworden und abgereist?"

„So ähnlich. Da war bisher Mauro aus Verona drin. Ich hab kurz nach unserer Rückkehr aus Kempten, als ich mir im Zimmer mein T-Shirt wechselte, mitbekommen, dass er mit seiner Mutter in Italien telefonierte. Anscheinend gab es einen Todesfall in der Familie und er will deshalb – heute noch – abreisen."

„Das wäre ja gigantisch. Kannst du so gut italienisch, das du das so genau verstanden hast?"

„Ja, kann ich. Mauro stand auf dem Balkon, als ich mein Shirt wechselte. Ich häng nämlich mein Zeug zum Lüften auf den Balkon, dann muss ich nicht immer in diese komischen, ständig überfüllten Waschsaloons ins Reinigungszelt gehen. Alle Zimmer im ersten und zweiten Geschoss haben einen Balkon. Und Italiener reden bekanntlich sehr laut und emotional. Das stimmt absolut sicher. Ich bekam noch mit, dass er mit dem Flughafen telefonierte, wegen einem Flug spätabends. Er war happy, dass es geklappt hat."

Peters Angaben stimmten, zumindest was seine Italienisch-Kenntnisse betrafen. Ich wusste aus früheren Zeiten, dass er nicht nur fließend Englisch sprach, sondern auch genauso gut Italienisch. Als er damals mit seinem Buch diesen gigantischen, internationalen Erfolg hatte, hielt er sogar einige Lesungen in Rom und Mailand ab.

„Also, dann solltest du dich sputen, Bernd", bekräftigte ich diesen Plan. „Vielleicht gibt's noch mehr außer Peter, die das mitbekommen haben. Ich schätze, diese Zimmer sind sehr begehrt. Bestimmt hast du noch gehört, wann sein Flug geht, Peter?"

„Das nicht. Ich weiß aber, von wo er abfliegt, nämlich aus Friedrichshafen. Da gibt's seit einigen Jahren eine Direkt-Verbindung nach Verona, Mailand und Rom, da bin ich auch schon geflogen, als ich dort Lesungen hielt. Es ist jetzt 20.42 Uhr. Wenn er heute noch weg will, sollte er mit dem nächsten Zug von Immenstadt nach Lindau fahren."

Ich fand Peters Idee köstlich und meinte dazu: „Ich würde folgendes vorschlagen, Bernd, damit du keine Zeit verlierst: Geh mit Peter jetzt gleich zum Registrierungsbüro, und schau, dass du das Zimmer kriegst. Ich laufe derweil zu unserem schnuckligen Schlafplatz und bring dir dein Gepäck her."

Er zog seine grauen Augenbrauen hoch. „Paul, du bist dann

auch wirklich nicht sauer, wenn ich nicht mehr mit dir zu-
rückgehe?"

„Quatsch. Guter Schlaf ist wichtiger als romantische Aben-
de unter freiem Himmel. Und wer weiß? Vielleicht ergibt
sich ja heut abends noch eine Möglichkeit für mich, eine
nette Bekanntschaft zu machen? Dann nehme ich die Braut
mit in meinen Schlafsack und bin nicht traurig, falls mein
Begleiter nur zusehen müsste."

Hiddler grinste und stand auf. „Gut, also, wir sehen uns in
circa einer Stunde wieder. Danke, Paul."

Wenn er nur die leiseste Ahnung davon gehabt hätte, was
ihn in dieser Nacht noch alles erwartete, wäre er sicherlich
gern im Freien geblieben.

21

Gut Hochreute, Donnerstagnacht

Die nächsten drei Stunden saßen die Männer noch gemütlich bei Wein und Chips zusammen, und diskutierten über die „guten alten" Zeiten. Alida hatte sich nur noch kurz blicken lassen, und erklärt, dass sie aufgrund ihrer Gemütsverfassung und einem längeren Telefonat mit ihren Eltern, heute vorzeitig ins Zelt gehen würde. Sie wollte ihren Eltern begreiflich machen, die sie auf keinen Fall spontan hierher kommen sollten.

„Schade, um diese Alida", meinte Bernd Hiddler nach dem fünften Glas Wein, das er sich soeben an den Tisch geholt hatte.

„Ja, erstaunlich, dass sie diese Veranstaltung hier noch weiterbesucht", nuschelte Peter Kelly, der sich auch schon das vierte Weißbier genehmigt hatte. Auch er merkte langsam die nötige Bettschwere, um gut schlafen zu können. „Aber sie hat schon eine Andeutung gemacht, vorher, als wir am Tresen standen."

„Welche?", fragte Paul Glaser.

„Das sie nicht bis zum Schluss hierbleiben will. Sie rechnet damit, dass die Staatsanwaltschaft in Kempten, die Leiche zur Überführung in die Niederlande, in den nächsten drei Tagen freigeben wird, dann will sie ihre Zelte hier abbrechen.

„Verständlich", meinte Hiddler. „Ich könnte mich beim Meditieren auch nicht mehr konzentrieren, wenn mein Bruder oder Schwester bei einem Unfall umgekommen wäre."

Peter Kelly räusperte sich. „Anscheinend hat die Justiz, beziehungsweise die Polizei, Zweifel an dem Unfall."

Paul spielte an seinem Glas und sah ihn an. „Zweifel? Welche Zweifel? Wie kommst du darauf."

„Auf der Heimfahrt von Kempten, hat mir Alida erzählt, was sie zwei Kommissare, die auch bei der Obduktion anwesend waren, so alles gefragt haben. Das lässt darauf schließen, das sie glauben, dass da nicht alles mit rechten Dingen zugegangen ist."

„Zum Beispiel?", wollte Hiddler wissen.

„Trietje hatte eine hohe Konzentration von LSD im Blut."

„Mein Gott, dann hat die gute Frau auch noch Rauschgift konsumiert", erwiderte Hiddler. „Allerdings ist das bei den Holländern nix ungewöhnliches, da sind viele Drogen legal, die in Deutschland verboten sind. Die haben ja sogenannte weiche und harte Drogen."

„Welche Sorten zählen dann zu den weichen und harten?", wollte Kelly wissen.

„Was mir aus meiner Praxiszeit noch bekannt ist - aus diversen Medizinmagazinen - zählen zu den weichen Sorten, die sogenannten Cannabisprodukte, wie z.B. Haschisch und Marihuana, aber LSD zählt definitiv sicher nicht dazu", klärte Dr. Hiddler a.D. auf. „Aber Nichtsdestotrotz, gelten die Niederlande schon seit Jahrzehnten als das Land mit dem größten Drogenkonsum in Europa. In einem Fernsehbeitrag der Sendung „Monitor" in der ARD, hab ich schon gehört, das Amsterdam als die „Drogenhauptstadt Europas" bezeichnet wird. Es gibt seit vielen Jahren schon einen regelrechten Drogentourismus in den Niederlanden. Obwohl nur „weiche Drogen" toleriert werden, sind auch viele Konsumenten und Dealer „harter Drogen" anzutreffen. Neben dem Hauptgrund hierfür, nämlich, dass die Niederlande ein Dreh- und Angelpunkt des Drogenumschlages in Europa sind, behaupten Kritiker, dass auch die liberale Haltung der Holländer im Umgang mit Drogen dazu beigetragen haben soll."

„Klingt ja interessant", sagte Paul. „Also nimmt die Polizei an, das Trietje nicht nur Konsument war, sondern in dem Handel vielleicht auch mitgemischt hat? Das sie sozusagen, auch eine Dealerin gewesen sein könnte?"

„So hat es Alida anscheinend aufgrund der Fragerei der Kommissare verstanden. Ich halte das auch durchaus für möglich", bekräftigte Peter.

„Du hattest schon immer eine lebhafte Fantasie", grinste Paul vor sich hin. Er wollte jetzt nicht die psychischen Probleme ansprechen, die Kelly in den letzten Jahren hatte. Auch Bernd Hiddler, als ehemaliger Dorfarzt, wusste davon zur Genüge.

Allerdings gab Bernd Hiddler Peter recht. „Ein durchaus mögliches Szenario. Was hat die junge Frau ausgerechnet an diesem seltsamen Ort gemacht? Ich habe in der Zeitung gelesen, dass es die kurvenreiche Strecke Richtung Weitnau-Missen-Isny ist. Bei Dunkelheit ist dort nicht mehr allzu viel los, und die Ecke eignet sich hervorragend für ein geheimes Treffen.“

„Na, da habt ihr ja für die nächsten Stunden ein hervorragendes Gesprächsmaterial, und könnt euch noch einige Verschwörungstheorien zurechtlegen“, sagte Paul Glaser und stand gähnend auf. „Ich werde jetzt auf jeden Fall wieder zu meinem idyllischen Nachtlager wandern.“

„Hast du einen Schirm dabei, Paul?“, fragte Peter Kelly. Es könnte durchaus in den nächsten 12 Stunden zum Regnen kommen, der Himmel hat sich heute schon verdächtig bewölkt.“

„Hier nicht, aber im Rucksack oben hab ich einen Knirps. Allerdings wird der mir nix nützen, wenn ich beim Pennen lieg und der Regen wirklich kommen sollte. Dann hab ich halt die Arschkarte gezogen.“

„Was machst du dann?“, fragte Bernd Hiddler.

„Wann dann?“

„Na, wenn`s regnet? Du wirst doch nicht bei Regen oben auf deiner Thermomatte schlafen?“

„Als Optimist glaub ich nicht, dass es zum Regnen kommt. Die Prognosen sagen; erst von Freitag auf Samstag. Sollte ich mich irren, geh ich – wie jetzt – mit der Taschenlampe spazieren und zum Auto runter. Der Weg ist ja breit und harmlos, denn lauf ich auch mit dem Schein meiner Lampe. Ich würde dann im Auto dösen und euch zum Frühstück morgen früh besuchen. Alles klar? Dann schlaft gut, Freunde. Bis morgen, Guts Nächtle.“

Dann trottete er davon.

Als er das Zelt verlassen hatte, meinte Hiddler: „Mut hat er ja, unser Paul. Allein unter Rotwild als Nachbarn, und weit und breit keine Menschenseele, da hätte ich keine Lust mehr zu übernachten. Ich hab mich heut Nacht sehr unwohl gefühlt und kaum ein Auge zugemacht. Noch dazu, dass in unseren Gefilden in null Komma nix ein Gewitter aufziehen kann."

„Mach dir um den keine Sorgen, Bernd. Der Glaser ist ein harter Hund, dem trau ich noch ganz andere Sachen zu. Aber, ich würde sagen, lass uns zum Abschluss des Abends noch einen Cocktail trinken. Ich gebe einen aus, welchen möchtest du? Ich trink einen Caipirinha."

„Mir reicht ein kleines Gläschen Whiskey, die Cocktails hier sind alle in den großen Gläsern mit 0,4 Liter, da muss ich nachts zu oft raus. Hab schon drei Viertel Wein getrunken.

„Tja, die Prostata, die macht`s." Dann stand Peter auf und lief zur Theke. Es war bereits 23.30 Uhr. Um Mitternacht wurde – wie jeden Tag – das Zelt geschlossen, damit die freiwilligen Helfer noch in Ruhe alles abwaschen und aufräumen konnten. Schließlich gab es schon ab 7 Uhr wieder Frühstck.

Zehn Minuten vor Mitternacht gingen beide „leicht" angetrunken zu ihren Zimmern. „Na, schla…fen können wir bestimmt, Peter", lallte Bernd Hiddler auf dem Weg ins Gebäude.

„Psst", macht Kelly und legte den Zeigefinger auf die Lippen, „die meisten werden bestimmt schon schlafen. Es ist gleich Mitternacht, und die meisten hier, sind schon kurz nach sechs wieder unterwegs."

Hiddler nickte nur und schwankte leicht zu seinem Zimmer, das die Größe eines kleinen Apartments mit 20 Quadratmeter hatte. Kelly`s Zimmer lag auf dem gleichen Flur im zweiten Stock, direkt neben ihm.

„Also; sleep well, gell", meinte Bernd kindisch, und hob die Hand zum Gruße.

„Gute Nacht, alter Freund", grinste Peter und verschwand auf sein Zimmer.

„Allmählich vertrag ich wirklich nichts mehr", murmelte Hiddler und tastete zitternd nach dem Lichtschalter, nachdem er seine Tür von außen aufgeschlossen hatte. Dann fand er den Schalter, links vom Türrahmen, strich darüber, und das helle Licht der Glühbirne erstrahlte den Raum. Er hatte ein einfaches, zweckmäßiges Zimmer mit einem 100 x 200 cm großen Bett, einem Couchtisch, Sideboard und einem Fernseher. Auf der Längsseite des rechteckigen Zimmers, führte eine Tür zu einem zweieinhalb Meter langen Balkon mit herrlichem Panorama-Blick.

Er ging hastig auf die Toilette, seine Blase konnte den Urin kaum noch halten. Hinzusetzen auf die Brille war noch nie seins, er stand immer. Hosenladen öffnen, richtig zielen und ab damit. Erleichtert ließ er den Strahl laufen, das tat verdammt gut. Gut abschütteln, verstauen und spülen. Leicht schwankend lief er zum Bett. Es war nicht sein erster Rausch im Leben, aber ihm war noch nie so komisch wie heute. Verdammter Schwindel, so konnte er unmöglich ins Bett gehen, er würde sich sofort erbrechen. Einfach nur noch ein bisschen frische Luft schnappen. An der Wand abstützend, schlich er zur Balkontür und öffnete sie nach innen. Der Himmel war nicht mehr sternenklar, sondern erstmals seit Tagen bewölkt. Der prognostizierte Wettersturz nahte unausweichlich. Die frische Luft tat gut, sie war nicht mehr so schwül wie in den letzten Nächten. Er inhalierte tief ein und sah zum Himmel, dabei musste er sich mit einer Hand am Geländer festhalten, da der Boden unter seinen Füßen schwankte. Die Balkone in dieser Etage, waren gut sechs Meter über dem asphaltierten Weg unten im Freien. Er lehnte sich leicht an der Wand an, die links von der Brüstung, etwa einen Meter Tiefe und zwei Meter zwanzig Höhe hatte. Würde er jetzt um den Mauervorsprung schielen, könnte er in den Balkon seines Nachbarn Kelly sehen. Aber das war in seinem jetzigen Zustand zu gefährlich, sonst würde er bestimmt noch die Balance dabei verlieren.

Plötzlich, wie aus heiterem Himmel, schlang sich ein Arm um seinen Hals. Ein Tuch wurde auf seinen Mund gepresst, während er ein Knie in seinem Rückgrat spürte, das ihn bäuchlings gegen die Wandseite presste. Ihm blieb die Luft weg, der Aufprall schmerzte seine Rippen. Dann packte eine Hand seinen grauen Haarschopf und schmetterte seine Stirn gegen die weißgraue Wand. Seine Sinne schwanden, alles wurde schwarz um ihn. Nah an der Brüstung stehend, schubsten ihn zwei starke Hände, sodass er das Gleichgewicht verlor und sein Oberkörper über dem Geländer hang. „Hil…!", entfuhr es noch seinen Lippen, aber es war der letzte Ton in seinem Leben. Ein weiterer Fußtritt gab ihm den Rest. Er segelte mit dem Kopf voraus in die Tiefe, bis er mit einem dumpfen Knall auf dem Asphalt aufschlug und reglos liegenblieb.

22

Peter Kelly zog seit langem wieder an einer Zigarette, die er vor wenigen Stunden einem Thekenmitarbeiter abgeluchst hatte. Wenn er sich eine ganze Schachtel kaufen würde, wäre die Gefahr zu groß, das er wieder zum Qualmen anfangen würde.

Er konnte noch nicht schlafen, da ihm einiges im Kopf rumschwirrte. Er zog sich aus, schmiss seine Klamotten aufs Bett und lief nur in Unterhose bekleidet auf den Balkon hinaus. Der dunkle Himmel seit einigen Stunden wirkte bedrohlich, als ob sich was Unheilvolles ankündigen würde. Bestimmt würde Paul noch in den nächsten Stunden abrupt sein Lager im Wald abbrechen.

Da gefror das Blut in seinen Adern! Erst hörte er ein Geräusch, als ob jemand gegen die Wand knallte, dann hing auf einmal Bernd Hiddler über der Balkonbrüstung. Peter warf seine Zigarette in die Nachtluft und hetzte zu dem Mauervorsprung, der die beiden Balkone trennte. Er hang sich mit seinem Oberkörper hinüber, aber die Entfernung war zu weit um helfen zu können.

„Hil..!", vernahm er noch, bis Hiddler sein Gleichgewicht verlor und kopfüber in die Tiefe stürzte.

„B E R N D!", brüllte Peter wie von Sinnen. „Mein Gott! Hört mich jemand?" Er rannte zurück ins Zimmer und zog hektisch sein Shirt und seine Hose an, die er übers Bett geschmissen hatte. Er stürzte eilig aus dem Apartment, dabei schlug er sich vor lauter Hektik, noch Schulter und

Oberarm am Türrahmen an. Er wusste, einen Stock tiefer, waren ein halbes Dutzend Sanitäter untergebracht. Als Peter die Treppe hinunterhetzte und unten angelangte, öffnete sich ruckartig eine Tür, als er um die Ecke fegte.

„Was ist los, Peter?", fragte ein glatzköpfiger Mann, Mitte Dreißig. Er war nur mit Unterhose bekleidet. „Hast du geschrien?"

Peter hatte ihn häufiger die letzten Tage gesehen, Sascha Herkomer. „Ja, komm sofort mit, Sascha", keuchte Peter. „Mein Nachbar ist soeben über das Balkongeländer geflogen! Schnell, bevor es zu spät ist."

Herkomer schmiss sich eilig ein Shirt über, nahm blitzschnell eine Verbandstasche, die an seiner Türnische stand, und hetzte mit Peter zum Ausgang.

Draußen erhellte nur eine mäßig leuchtende Laterne, das gespenstische Szenario. In einer großen Blutlache, die immer größer wurde, lag Hiddler verrenkt am Boden und gab keinen Laut von sich. Herkomer ahnte schon beim Anblick das Schlimmste. Er kniete sich hin und fühlte sofort den Puls des Mannes. Nichts! Er legte beide Hände aufeinander und begann mit einer Herzdruckmassage. Nach drei Minuten gab er keuchend auf und sah Peter an. „Zu spät, das nützt nichts mehr. Er hat sich bei dem Sturz wahrscheinlich das Genick gebrochen!"

Kelly sah ihn entsetzt an. Das Sterben auf diesem Buddhisten-Camp nahm einfach kein Ende. Ein orkanartiger Wind, Vorbote eines heranziehenden Gewitters, pfiff über das Camp, dann begann es heftig zu regnen.

23

Peter hatte eine schlaflose Nacht hinter sich. Nachdem er mit Herkomer den Leichnam in den Gang getragen hatte, rief der Sanitäter den Notarzt und die Polizei an. Die Leiche wurde nach einer „Begutachtung" von Notarzt Dr. Fessler sofort ins Krankenhaus nach Immenstadt gefahren. Der Polizeichef von Immenstadt informierte sofort die Kollegen der Kripo in Kempten, und äußerte dabei seine Zweifel über einen „normalen" Unfalltod.

Die Polizisten Blum und Seifert begannen um sechs Uhr mit ihrer Frühschicht. Keine halbe Stunde später, saßen sie auf einer Ledercouch in Peter Kellys Apartment.

„Sie sagen also, Herr Kelly, dass sie den Sturz beobachtet haben?", fragte Blum und hielt dabei in der rechten Hand seinen Notizblock. Sein jüngerer Kollege sah Kelly dabei misstrauisch ins Gesicht.

„Beobachtet wäre etwas übertrieben", entgegnete Peter. „Ich hörte, wie Hiddler irgendwo an eine Wand stieß, vermutlich die Balkonwand. Ich wollte eine Zigarette rauchen, blickte bei mir ums Geländer, da war er schon halb mit dem Oberkörper über der Brüstung. Wahrscheinlich hat er das Gleichgewicht verloren. Bevor ich registrierte, was überhaupt los war, fiel er schon über das Geländer."

„Einfach so?", fragte Seifert und bohrte dabei in der Nase.

„Was heißt, einfach so?", fragte Peter irritiert.

„Einfach so, heißt, so ganz allein, ohne, dass ihn jemand gestoßen hätte?"

„Ich bin mir nicht ganz sicher, vielleicht befand sich hinter ihm ein Schatten."

Blum räusperte sich. „Soso, ein Schatten. Vielleicht war ja auch noch das Sandmännchen unterwegs?" In seiner Stimme war unüberhörbar Spott zu hören.

„Hören Sie, Herr Wachtmeister", knurrte Peter spöttisch zurück, „ich weiß ja nicht, was daran so komisch ist, aber ich bin bei Dunkelheit auf dem Balkon gestanden, als ich das Geräusch nebenan hörte. Ich war nicht in Hiddlers Zimmer, bevor Sie irgendwelche komischen Mutmaßungen anstellen. Zudem war der Mann auch betrunken."

„Ausgerechnet, wo Sie sind, gibt es Tote", erwiderte Seifert. „Sie scheinen die Toten geradezu magisch anzuziehen. Ausgerechnet ein Haftentlassener, macht einen auf Buddhist, und dann gibt es fast jeden Tag eine Leiche hier."

„Hören Sie, ich hatte zu keinem der Toten – außer Hiddler – einen Bezug. Warum sollte ausgerechnet ich, sie töten? Und Bernd Hiddler, war seit meiner Kindheit, wie ein väterlicher Freund zu mir, schon meine Eltern kannten ihn seit fünfzig Jahren. Sie reden einen ziemlichen Unsinn, guter Mann. Bernd war etwas angetrunken, ich hätte ihn höchstens noch ins Bett bringen können. Vermutlich hat er sich angestoßen und ist dann übers Geländer gefallen."

Blum bekam einen Anruf. Er drehte sich zur Seite und sagte nur: „Ja, ja, alles klar." Dann beendete er das Telefonat. Seifert knackte mit seinen Fingern und strich danach über seinen Bauch.

„Okay, Kelly", sagte Blum. „Sie bleiben bis auf weiteres hier und verlassen nicht das Zimmer, bis unsere Kollegen kommen."

„Welche Kollegen?"

„Die von der Kripo aus Kempten, die unser Chef informiert hat. Die werden sich weiter um Sie kümmern. Ich schätze, sie sind maximal in einer Stunde hier. In den nächsten Stunden wird der Leichnam im Krankenhaus untersucht, danach kommt er sofort in die Rechtsmedizin, dann wissen wir mehr."

„Kann ich wenigstens noch zum Frühstücken?"

„Ausnahmsweise, aber mit uns", meinte Seifert.

Peter erhob sich. „Jetzt übertreiben Sie`s aber bloß nicht. Es gibt keinen Haftbefehl gegen mich, und auch keinerlei Fluchtgefahr hier oben, deshalb geh ich alleine. Meinen Sie, ich will mich hier von allen wie ein Schwerverbrecher begaffen lassen, nur weil ihr mich begleitet? Entweder, ich geh allein, oder Sie bringen mir ein Frühstück aufs Zimmer."

Seifert wäre beinahe vor Wut explodiert, doch sein älterer Kollege Blum legte seine Hand auf seinen Unterarm. „Lass ihn gehen, er hat recht. Er wird hier nicht abhauen." Dann wandte er seine Augen in Peters Richtung. „Frühstücken Sie Kelly, aber in einer halben Stunde sind Sie wieder zurück, sonst werden wir sie holen! Wir warten derweil im Wagen, bis die Kripo kommt."

***

Kurz vor acht Uhr, standen die beiden Kripobeamten Steinle und Wildbolz an dem Platz, wo Hiddler aufschlug.

„Glaubst du an einen Unfall, Chef?", fragte Steinle, und tastete mit der Hand über den Betonboden, wo der Tote gelegen hatte. Sie konnten nur noch einen kurzen Blick auf den Toten werfen, bevor er ins Krankenhaus gefahren wurde. Blum und Seifert standen neben den beiden Kommissaren.

„Das kannst du dir doch denken, Regina", entgegnete ihr älterer Kollege. „Natürlich nicht. So viele Zufälle und Unfälle, wie in den letzten fünf Tagen hier, gibt es nirgendwo auf der Welt." Dann richtete er den Blick auf die beiden Uniformierten. „Ihr habt Kelly schon vernommen, Kollegen?"

„Ja, klar", antwortete Blum. Er zeigte mit seiner Hand noch vorne, als sich ihnen ein Mann näherte. „Da kommt Kelly vom Frühstück. Brauchen Sie uns noch?"

„Nein, eigentlich nicht", antwortete Wildbolz. „Richten Sie ihrem Chef aber schon mal aus, dass die Fortführung dieses Camps, von der Obduktion abhängt, die in den nächsten fünf Stunden stattfinden wird. Wenn sich wieder Merkwürdigkeiten bei diesem Toten feststellen lassen, müssen wir sofort handeln. Wenn alles unverändert fortgeführt wird, haben wir sonst bis Veranstaltungsende noch mehr Leichen in den nächsten zehn Tagen."

„Verständlich", erwiderte Blum. „Außerdem werden auch die Medien langsam hellhörig. Bei uns auf der Dienststelle hat sich schon RTL und der ORF gemeldet, ob wir was dagegen hätten, wenn sie eine Reportage machen.“

„Was habt ihr geantwortet?“, wollte Steinle wissen. Mittlerweile stand Kelly vor ihnen.

„Natürlich abgeblockt. Aber wenn sich lästige Reporter hier ihre Story holen wollen, werden wir das wohl kaum verhindern können, sonst müssten wir das Camp mit mehreren Polizisten kontrollieren. Und hier am Empfang bekommen sie auch nicht mit, falls sich jemand ins Lager schleicht. Wäre völlig utopisch, hier alles überwachen zu können.“

„Gut, also spätnachmittags wissen wir mehr“, meinte Wildbolz und die Polizisten gingen zu ihrem Wagen.

„Guten Tag, ich bin Peter Kelly“, sagte der Mann, der ihm auf einmal seine Hand reichte. Er war über weit über eins neunzig, und überragte den Kommissar um eine Stirnlänge.

„Wildbolz, Hauptkommissar. Kripo Kempten. Das ist Oberkommissarin Steinle.“ Beide zückten fast gleichzeitig ihre Dienstausweise. „Herr Kelly, können wir uns mit Ihnen auf Ihrem Zimmer unterhalten?“, fragte Wildbolz.

„Klar, wenn`s hier unten nicht geht.“

„Oben ist es besser“, erwiderte Steinle, „weil wir uns da ein besseres Bild, vom Ablauf des Geschehens machen können. In wenigen Minuten werden auch die Kollegen von der Spurensicherung eintreffen, bis dahin sind wir ungestört.“

Sie liefen nach oben, und die beiden Beamten sahen sich dabei akribisch nach allen Seiten um. Oben angekommen, entfernten sie das Siegel von der Türklinke, das Blum schon angebracht hatte.

Die beiden Kommissare fragten ihn ähnliches, wie die Uniformierten zuvor. Danach schauten sich beide das Zimmer von Kelly und Hiddler an, sowie eingehend ihre Balkone. Nach einer halben Stunde meinte Blum: „Okay, das reicht einstweilen, Herr Kelly. Sie halten sich zu unserer weiteren Verfügung."

„Alles klar, Herr Kommissar. Was passiert jetzt mit Hiddlers Leichnam?"

„Na, was wohl?", entgegnete Steinle. „Er wird die nächsten Stunden eingehend untersucht. Oder meinten Sie danach? Kennen Sie irgendwelche Angehörige von ihm?"

„Er ist seit fast zehn Jahren geschieden, und Kinder hatte er keine, soviel ich weiß. Also, faktisch gibt es niemanden, den man verständigen könnte."

„Hmm", machte Wildbolz. „Das ist natürlich übel. Jemand sollte sich ja um seinen Hausstand, Bürokratie und das ganze Zeugs kümmern."

„Kein Problem", meinte Kelly, „das krieg ich schon auf die Reihe. Und für das Wichtigste komme ich auf."

„Und das wäre?", fragte Steinle.

„Die Beerdigungskosten."

24

Zwei Stunden später

Peter Kelly

Ich glaube zu wissen, was hier läuft. Ich werde die Geschichte jetzt weitererzählen, bis zum bitteren Ende. Versprochen. Und dann werde ich versuchen, daraus Kapitel zu schlagen.

Um 11 Uhr saß ich mit Paul Glaser im Gastro-Zelt. Vor einer halben Stunde war er aufgetaucht, aus heiterem Himmel. Vermutlich, weil ich ihm eine Nachricht von dem toten Hiddler zukommen ließ. Per „WhatsApp", wie das heutzutage so üblich ist.

„Und du hast tatsächlich die ganze Nacht im Wagen verbracht?", fragte ich ihn.

„Gezwungenermaßen, aber meine Sitze sind umgeklappt ja ganz bequem, zumindest für eine Nacht. Gut, ich hätte auch heimfahren können, aber ich wollte ja heute mit euch was unternehmen, und nicht ständig hin- und herfahren. Dass das mit Bernd passiert ist, hat dem Ganzen noch einen weiteren traurigen Anlass gegeben."

„Wie müssen aufteilen, wie wir seinen „Nachlass" verwalten, Paul."

„Was meinst du? Seine Wohnung? Sein Hab und Gut?"

„Genau, das. Er hatte ja niemanden, und seiner Exfrau können wir das ja schlecht sagen, oder?"

„Ja, klar. Hoffentlich geht das so einfach. Immerhin hat keiner von uns die Vollmacht, solche Dinge zu erledigen."

„Wird schon nicht so schwierig sein", erwiderte ich. „Wenn uns die Polizei das bestätigt, werden die Behörden und alle anderen, das sicherlich so akzeptieren. Außer, es würde noch ein Testament auftauchen, von dem wir noch gar nichts wissen."

„Kann ich mir kaum vorstellen. Wie geht`s jetzt weiter, Peter?"

„Mit was?"

„Na, hier, mit dem Camp. Deinem Aufenthalt? Willst du hier bis zum Ende bleiben?"

„Klar, was dachtest du denn, Paul? Hast du gedacht, ich fahre jetzt nachhause, nur weil`s hier „Unfälle" gibt? Die ganze Geschichte birgt auch eine große Chance?"

Erstaunt zog er die Augenbrauen nach oben. Im Zelt hielten sich nicht mehr viele auf, die meisten waren beim Meditieren. „Welche Chance meinst du?"

„Überleg mal, mit was ich ein paar Millionen gescheffelt habe, von dem auch du ganz gut profitiert hast."

„Ein Buch!" Er lachte. „Du willst über die ganze mysteriöse Geschichte hier, ein Buch schreiben? Peter, du bist ein Knaller. Die Sache hat nur einen Haken."

„So? Welchen?", fragte ich.

„Du müsstest wissen, was hier abgeht. Oder, du wärst auch in die Sache verstrickt."

Ich grinste. „Zu deiner Beruhigung; ich bin nicht in die Sache verstrickt, aber ich habe einen Verdacht was hier läuft."

Sein Blick wurde ernst. „So, welchen denn?"

„Das behalte ich vorerst für mich. Jetzt will ich erstmal wissen, was die Obduktion von Hiddlers Leiche bringt."

„Warum sollte ausgerechnet dir, die Polizei das sagen, unabhängig von dem, was dabei rauskommt?"

„Ich nehme an, die Kripo hat auch schon einen Verdacht, und die Obduktion wird zeigen, ob sie auf der richtigen Spur sind oder nicht."

„Soso. Na, dann bin ich ja mal gespannt, du Geheimniskrämer."

Draußen prasselte der Regen gegen das Zelt, und im Nu hatten sich vor dem Zelteingang große Pfützen gebildet.

„Und du? Was machst du jetzt, Paul?"

„Na, ich bleib hier. Vorerst."

„Willst du auch Buddhist werden?"

„Eigentlich nicht, aber es ist doch interessant, was hier los ist. Spannender als jeder Tatort. Bestimmt werden in Kürze auch Belohnungen für Hinweise ausgegeben. Vielleicht entdecke ich ja das ein oder andere hier, schließlich bin ich ja Detektiv. Und zudem will ich ja wissen, wie du dein Buch weiterschreibst, beziehungsweise, wie der Beginn und das Ende ist. Endet es tragisch, oder mit einem Happy End?"

„Kommt drauf an, von welcher Seite es man betrachtet. Aber ich lasse es dich schon noch rechtzeitig wissen. Wo steht dein Auto, Paul?"

„Unten, am Froschweiher-Parkplatz. Wenn ich hier oben einen Platz krieg, komm ich rauf."

„Welchen Platz?", fragte ich, obwohl mir die Antwort sonnenklar war.

„Einen Park- und Übernachtungsplatz. Das Apartment von Bernd ist ja jetzt frei. Wenn die von der Spurensicherung alles durchsucht und überprüft haben, werden sie das Sigel schon wieder von der Tür nehmen. Wäre doch super, Peter, oder? Wir beide nebeneinander, wie in alten Zeiten. Herrlich!"

25

„Endlich eine Spur", frohlockte Kommissar Wildbolz, nachdem er mit seiner Kollegin Steinle, den Saal der Gerichtsmedizin verlassen hatte, in dem ihnen Dr. Heyne, eben die neuesten Ergebnisse mitgeteilt hatte.

„Meinst du, das reicht für einen Haftbefehl bei der Staatsanwaltschaft, Chef?"

„Glaub ich kaum."

„Warum nicht?"

„Es ist kein hundertprozentig sicherer Beweis. Kelly wird sich darauf berufen, das er den ganzen Abend mit Hiddler verbracht hat, da kann es schon vorkommen, das ein Haar bei dem anderen landet, wenn man so dicht beieinander ist."

„Aber, was unternehmen wir dann? Sollen wir ihn beschatten lassen?"

Wildbolz schüttelte den Kopf. „Das würde ihm auffallen solange er im Camp ist. Außerdem ist das zum jetzigen Zeitpunkt sehr schwierig da oben. Zum Schluss würde „unser Mann" noch selbst in Verdacht geraten, da ihn niemand kennt. Aber wir könnten etwas machen, das in eine ähnliche Richtung ginge."

„Und das wäre?", fragte Steinle.

„Ich hab mir heute früh die Gegebenheiten im Camp mal

191

etwas genauer betrachtet. Wir könnten schon eine Überwachung machen, aber die wäre etwas oberflächlicher und würde bei weitem nicht alles erfassen."

„Kameras?"

„Genau, Regina. Das Camp liegt auf einem leichten Hochplateau. Oberhalb der ganzen Zeltreihen, ist viel Wald und Grün, da könnte man durchaus, vier bis fünf Kameras installieren, und zwar so versteckt, das die im Camp sicher niemand bemerkt."

„Und irgendwelche Wanderer?"

„In dieser langgezogenen Waldpassage verläuft kein Wanderweg, die verlaufen nur an den äußeren Rändern, also westlich und östlich. Der einzige – außer ein paar Tieren – wäre der Förster, dem das vielleicht auffallen würde. Aber der springt da oben nur selten rum, hab ich mir sagen lassen."

Steinle blickte zufrieden. „Die Sache hat nur einen Haken."

„Dass wir nicht sehen, was sich in den Zelten tut?", fragte Wildbolz.

„Genau. Alles was sich in den Gebäuden und Zelten abspielt, kriegen wir nicht mit."

„Vielleicht nicht in den kleinen Zelten, aber in den Gebäuden und den großen Zelten schon", meinte Wildbolz. „Ich hätte da schon eine Idee, aber die muss ebenfalls der Staatsanwalt befürworten. Aber jetzt bin ich mal gespannt, was dir der Hotel-Betreiber alles erzählt hat."

Steinle musste einen Tag warten, bis der Hoteldirektor vom

Hotel Rothenfels Rede und Antwort stand, da er sich bis Donnerstagmittag auf einer Messe in Augsburg befand.

„Könnte sehr interessant sein, Chef", begann sie. „In dem Hotel treffen sich seit einigen Monaten – in unregelmäßigen Abständen – diverse Herrschaften, zu einem, nennen wir es mal salopp, gemütlichen Stammtisch."

„Übernachten die dann alle, oder sitzen die nur zusammen?", fragte Wildbolz.

„Sowohl als auch. Die aus der näheren Umgebung fahren später wieder, einige andere übernachten, vor allem die „Gäste" aus dem Ausland. Und rate mal, aus welchem Land die kommen?"

„Niederlande."

„Korrekt", grinste sie. „Der Hotel-Betreiber – er heißt Thomas Gehring – hat versprochen, mir schnellstens die Liste der Übernachtungsgäste zuzumailen, und zwar die, der letzten drei Monate. Insgesamt traf sich diese „Runde" anscheinend sechs- bis siebenmal in letzter Zeit."

„Lass mich weiter raten; Die häufigsten Treffen waren in den letzten zwei Wochen?"

„Das wird sich noch rausstellen, weil Gehring nicht immer im Hotel ist, sondern wechselnde Rezeptionisten. Er betreibt auch noch das Hotel & Restaurant Lamm, direkt in der Stadtmitte. Er will aber noch seine anderen Angestellten fragen, weil er selber an einer Aufklärung interessiert ist. Wenn rauskommen sollte, dass sich womöglich ein internationaler Haufen von Kriminellen bei ihm trifft, wäre der Ruf seines Hotels ruiniert."

„Gibt es Kameras im Hotel Rothenfels?"

„Nicht direkt im Hotelbereich, nur in der Tiefgarage, weil es dort vor zwei Jahren einmal einen Überfall gab."

„Gut, besser als nichts. Die meisten dieser kleinen Hotels haben überhaupt keine Kameras. Hast du Gehring auch ein Bild von Trietje Basten gezeigt?"

„Ja, klar. Kann sich nicht an sie erinnern. Er will aber das Bild noch allen Angestellten zeigen und mir dann Bescheid geben."

„Gut, auf jeden Fall sind wir schon mal einen Schritt weiter. Jetzt musste du Gehring nur noch fragen, wann das nächste Treffen dieser dubiosen Runde stattfindet."

Sie grinste. „Hab ich natürlich, Chef. Samstagabend."

„Wunderbar, dann werden wir auch anwesend sein. Indirekt, versteht sich. Ich erklär dir mal, wie wir vorgehen, Regina. Dann schlagen wir gleich zwei Fliegen mit einer Klappe."

26

Gut Hochreute, Freitagabend

Peter Kelly

Der Freitag verlief regnerisch zu Ende. Gegen Abend stand aufgrund des Dauerregens das halbe Camp unter Wasser. Viele versuchten mit Schaufeln und Eimern den Wassermassen Herr zu werden, was nur müßig gelang. Ich dankte dem Dalai Lama und auch dem lieben Gott, das ich so ein gemütliches Zimmer hatte, und beschloss spontan, niemals im Leben mehr irgendwo zu campen.

Ich sah Paul nur sporadisch im Camp, er sagte mir, dass er im Hotel Rothenfels eine Übernachtung bekommen hätte. Ich glaube, er wollte sich mehr nach Bräuten umsehen, als an einer Meditation teilnehmen. Vielleicht hatte er auch noch anderes im Sinn, aber ich würde bestimmt noch dahinterkommen.

Abends besuchte er mich, als ich gerade beim Abendessen war. Er hielt sich ziemlich bedeckt, womöglich wollte er nur sehen, ob ich mich mit Alida verabredete. Ich glaube, er hatte ein Auge auf sie geworfen.

„Peter", begann er, als er mir mit einem Schmorbraten gegenüber saß, „morgen soll das Wetter wieder besser werden. Wir könnten doch mal wieder was unternehmen. Hier im Camp ist es doch auf Dauer scheißlangweilig, oder? Was meinst du?"

Ich sah ihn fragend an, während ich mir Kässpatzen in den

hungrigen Magen schaufelte.

Um uns herum war das Zelt brechend voll. Einen Tisch weiter, saß der Sanitäter im Kreis seiner Kollegen, der versucht hatte, Bernd Hiddler wiederzubeleben. Von den Österreichern hatte ich nachmittags erfahren, dass sie vorzeitig ihren Aufenthalt abbrechen mussten. Vor einer Stunde machten sie bereits ihr Gepäck zur Abreise fertig. In anderthalb Stunden fuhr ein IC-Zug sie wieder in ihre Heimat nach Innsbruck. Hauptgrund war aber nicht das schlechte Wetter, sondern die Eltern von Markus Pröll, die für Montagnachmittag die Beerdigung ihres Sohnes angesetzt hatten. Sie waren in tiefster Trauer über den Tod ihres Sohnes, und sahen keine Veranlassung, länger als nötig damit zu warten. Gestern wurde der Leichnam von Markus Pröll nach Innsbruck überführt.

Beinahe hätte ich Pauls Frage vergessen und antwortete umso hastiger: „Was schwebt dir vor, Paul?"

„Wandern?", entgegnete er kauend.

„Wo?"

„Hier irgendwo in der Gegend", meinte er.

„Wir könnten aufs „Gschwender Horn" gehen?", schlug ich vor. „Das liegt nur zwei Kilometer Luftlinie von hier."

„Ich wüsste was Besseres, das liegt bei Oberstaufen."

„Hochgrat?", mutmaßte ich.

„Nein, zu den Buchenegger Wasserfällen. Wenn das Wetter dann – hoffentlich – wieder besser wird, können wir im Anschluss in die Mohr-Alpe."

Ich kannte beides. Zwei der beliebtesten Ausflugziele im Oberallgäu, sowohl von den Touristen, als auch bei den Einheimischen.

„Grundsätzlich keine schlechte Idee", antwortete ich. „Um welche Uhrzeit?"

„Irgendwann am späten Vormittag. Vielleicht elf Uhr?"

„Passt. Kommst du mit dem Auto hoch?"

„Klar, ich warte an der Registrierungsstelle auf dich."

Danach unterhielten wir uns über alte Geschichten aus der Vergangenheit, bis er sich um 21 Uhr verabschiedete. Das war mir ganz recht, so konnte ich mich noch nach Alida umsehen, die ich aber nicht mehr zu Gesicht bekam. Der weitere Abend verlief unspektakulär. Die Stimmung war im Vergleich zum Sonntag auf dem absoluten Tiefpunkt angelangt. Jeder ging vorzeitig in seine Unterkunft, und auch ich versuchte früher zu schlafen. Als mir das nicht gelang, schnappte ich mir einen Stift und einen Schreibblock, und schrieb einiges auf, das mir so die letzten Tage durch den Kopf ging. Irgendwann nach Mitternacht brannten meine Augen, und ich legte ein Messer unter mein Kopfkissen. In diesem Camp musste man schließlich mit allem rechnen.

27

Paul war pünktlicher denn je.

Ich stand bei bewölktem Wetter, mit Regenjacke und Kamera bewaffnet, am Eingang des Registrierungsbüros, und schoss mit meiner Canon ein paar Aufnahmen. Auf einen Rucksack hatte ich verzichtet, aber einen Regenschirm hatte ich vorsichtshalber dabei. Wenigstens regnete es nicht mehr wie die ganze Nacht zuvor. Seit drei Stunden war es trocken, der Himmel war grauschwarz. Die Prognosen lauteten wechselhaft für heute. Doch unser Ausflug würde stattfinden, dessen war ich mir sicher. Todsicher.

„Guten Morgen, Peter. Alles fit im Schritt?", fragte er mich gutgelaunt, als ich in sein Fahrzeug stieg.

„Morgen, Paul. Fit wie ein Turnschuh, und du? Hast du im „Rothenfels" problemlos eine Übernachtung bekommen?"

„Klar, Beziehungen", grinste er. „Man muss nur mal mit der Rezeptionistin schlafen."

Ich warf meinen Regenschirm auf den Rücksitz und er fuhr los. Nach Oberstaufen sind es von Immenstadt nur fünfzehn Kilometer, zu dem Ortsteil Buchenegg, anderthalb Kilometer mehr.

Als wir durch Bühl durchfahren hatten, kam uns bei der Einfahrt auf die B308, eine große – zusammenhängende – Auto-Karawane entgegen, die von der Bundestraße abbog, als wir gerade auffuhren. Erstaunlicherweise ging keiner von uns auf dieses markante „Schauspiel" ein, obwohl jeder von uns ahnte, wohin die vielen Wagen fuhren, und von wem sie waren.

„Buchenegg" ist ein kleiner Weiler, in dem es nicht mehr als zwölf Häuser gibt, davon drei Bäuerliche Anwesen und ein Cafe. Direkt zu den Wasserfällen kann man nicht mit dem Auto fahren. Circa drei Kilometer davor, besteht die letzte Park-Möglichkeit an einem großen Wanderparkplatz. Normalerweise ist der am Wochenende immer voll, aber durch den dunkelgrauen Himmel, stand nur ein VW Golf an dem Platz. Die meisten Urlauber und Einheimische sind Schönwetter-Geher, aber noch eine zweite Komponente hält — vermutlich – an diesem Tag viele ab: Der Weg zu den Wasserfällen ist von der Buchenegg-Seite steil und bei Nässe lebensgefährlich. Zahlreiche Schilder wiesen darauf seit vielen Jahren hin. Für sportlich durchtrainierte Leute wie wir es waren, sollte es aber kein großes Problem darstellen, sofern wir nicht betrunken und leichtsinnig waren. Und das waren wir selten, gestern war mein kleiner Rausch nur ein Ausrutscher. Wir hatten in den letzten fünfzehn Jahren ungefähr fünfzig Berggipfel bestiegen, davon ein Drittel sehr anspruchsvolle.

„Nimmst du keinen Regenschirm mit?", fragte ich Paul als er mit seinem Wagen am Parkplatz hielt.

„Nein. Schau, ich hab eine wasserdichte Jacke mit Kapuze, das sollte reichen. Hier noch zur Stärkung." Er reichte mir einen Müsliriegel. Solche Energielieferanten nahmen wir in der Vergangenheit häufiger mit auf Touren. Er schnappte sich seine Jacke vom Rücksitz und wir stiegen aus. Außer uns, waren nur ganz wenige unterwegs, wie schon die wenigen Autos vermuten ließen.

Von den starken Regenfällen der Nacht, war der anfänglich breite Weg, mit vielen Pfützen überzogen. Die ersten drei Kilometer waren eben und ziemlich harmlos, dann weißt vor einer Waldpassage ein gelbes Schild auf den restlichen, „gefährlicheren" Weg hin.

Mit meinem Schirm, der bei meinen eins dreiundneunzig, hüfthoch war, konnte ich mich bei einigen verwaschenen, schmierigen Passagen abstützen, doch einmal rutschte ich trotzdem aus, und der vor mir gehende Paul, fing mich akrobatisch auf. Ich fiel ihm fast in die Arme, und spürte gleichzeitig einen stechenden Schmerz in der Nierengegend als hätte mich eben eine Wespe gestochen.

„Scheiß Viecher", knurrte ich und bedankte mich bei Paul.

Auch bei steilen und schmalen Wegen, die durchnässt sind, hatte ich selten in der Vergangenheit Probleme gehabt, doch heute hatte ich das Gefühl, als ließe meine Trittsicherheit und Schwindelfreiheit bei zunehmender Dauer nach.

Dann, nach anderthalb Stunden, sahen wir endlich den mächtigen Wasserfall, der als einer der größten im Allgäu gilt. Unvorsichtige und Übermutige sprangen manchmal voller Übermut und Leichtsinn – von der anderen Seite – den Wasserfall hinunter, und mussten dabei nicht selten ihr Leben lassen. Gefährlicher als ein Sprung, war aber das Becken, in das das schäumende Wasser hineinstürzt. Nicht weil es nicht tief genug wäre, und die Gefahr bestünde, auf einen Felsen zu knallen, sondern der unterirdische Sog, der schon viele Dutzend Menschen in die Tiefe gezogen hatte.

Auch Schwimmer oder Wasserhungrige, die sich nur erfrischen wollten, wurden schon wie von unsichtbarer Hand nach unten gezogen. Sogar manche gute Taucher, die schon in Meeren unterwegs waren, kamen nie wieder hoch. Mein Kopf fühlte sich auf einmal an, als schwirrte eine Horde Hornissen in meinem Hirn.

„Ah, mir geht`s heut wirklich nicht gut", sagte ich zu Paul, als wir innehielten und ich meine Kamera zücken wollte.

„Es wird dir gleich noch viel schlechter gehen", knurrte er plötzlich mit bösartiger Stimme, und zog ein Messer aus seiner Jacke. Er trat einen Schritt zurück, sodass wir etwa fünf Meter auseinanderstanden. Sein Gesicht glich einer teuflischen Fratze, so hatte ich ihn in den letzten achtzehn Jahren noch nie gesehen.

„Du hast jetzt zwei Möglichkeiten; Entweder gehst du freiwillig ins Wasser, oder ich muss dir noch vorher einen Stich verpassen, das ist die qualvollere Art zu sterben. Welche Variante wählst du?"

Mir gefror das Blut in den Adern, jegliche Mitmenschlichkeit war von ihm gewichen. Sein Blick was eiskalt, und ich wusste, dass er zu allem bereit war. Vergessen die alten Zeiten, als wir die besten Freunde waren. Ich hatte schon nach meiner Rückkehr aus dem Knast gespürt, dass er sich total verändert hatte. Von seinen lächerlichen Honoraren als Detektiv, und dem Geld, das ich ihm für Recherchen gegeben hatte, konnte er bestimmt nicht dauerhaft existieren, und Paul war keiner, der gerne auf die Hilfe des Staates zurückgriff.

„Du hast dich kaufen lassen", sagte ich, und mir viel es zunehmend schwerer ruhig zu bleiben. Ich hatte schon vor der Abfahrt geahnt, dass es heute zu einem „Showdown" kommen könnte, aber irgendwas steckte in meinen Genen, das die Gefahr zu lieben schien.

„Jeder ist käuflich", entgegnete er spöttisch, „das ist im Endeffekt nur eine Sache des Preises. Und auch, wenn du es kaum glauben magst, ich wollte während dieses Sommercamps aus der Organisation aussteigen. Aber ich hab mich einschüchtern und überreden lassen weiterzumachen, sonst hätten sie mir unnötig das Leben schwergemacht. Vor einigen Tagen sind sie sogar bei mir eingebrochen, haben mir Strom verpasst und einen Datenstick geklaut. Wahrscheinlich hatten sie Angst, dass ich damit zu den Bullen gehen würde. Da kommt man schon ins Grübeln."

„Wie lange machst du das schon?", fragte ich und suchte nach einem Ausweg. „ Bist du einer der Dealer, die die Drogen nach Deutschland schleusen?"

„Richtig erkannt, aber wie gesagt, ich wollte aussteigen. Ich mach das seit der Zeit, wo sie dich in den Knast gesteckt haben, also seit fast anderthalb Jahren. Und ausgerechnet bei meiner Tour für dich in die Schweiz, habe ich einen der netten Herren in einem Hotel in Zürich kennengelernt. Als ich vor einer Woche andeutete, dass ich aussteigen will, haben sie mir gleich ohne Vorwarnung zwei Schläger ins Haus geschickt. Die Typen treiben sich auch im Camp rum. Das die von der Organisation waren, hab ich auch erst gestern erfahren."

„Hast du Trietje und die anderen ermordet?"

„Nur mitgeholfen, damit sie rechtzeitig ihr LSD einnahmen,

aber ein Taucher hat diesen Knilch in die Tiefe gezogen. Und Trietje wollte auch aufhören, aber sie ist nun mal eine sehr wichtige Person in den Niederlanden, denn dort ist der Verteilplatz für Europa. Sogar der Vorgesetzte ihres Arbeitgebers arbeitet für die."

„Wer sind die?"

„Ein Drogenkartell, das die Buddhisten unterwandert, aber mit dieser beschissenen Religion nichts zu tun hat. In Kürze wird einer aus dem Kartell, den alten Ole Nydahl ablösen, dann läuft der Laden noch effizienter. Kein Mensch wird die friedfertigen Buddhisten, je mit Drogenhandel und Geldwäsche in Verbindung bringen. Aber das spielt jetzt alles keine Rolle mehr, für dich zumindest."

„Warum mussten die anderen beiden jungen Männer sterben?"

„Sie haben natürlich den wahren Grund verschwiegen, weshalb sie hier waren. Sie haben sich eingeschleust, weil letztes Jahr - durch Zufall - , Rauschgift im Europe-Center gefunden wurde, daher witterten sie die große Story. Beide waren Journalisten von irgendwelchen Schmierblättern. Aber der Österreicher war nur ein Zufallsopfer, weil er drei von dem Syndikat bei seinem Spaziergang belauscht hat. Pech für ihn. Aber genug geredet, ab ins Wasser mit dir! Ich muss in vier Stunden ins Hotel Rothenfels, dort findet eine Besprechung statt. Eventuell müssen wir einen anderen Standort suchen, weil die Bullen mit dem Europe-Center mittlerweile zu hellhörig geworden sind. Die Luft dort oben wird zunehmend dünner. Viel zu viel Negatives in den letzten Tagen, und es wird mit deinem Tod noch schlimmer werden. Der Rummel mit den Medien wird jetzt erst richtig losgehen, das kann niemand brauchen. Und du bist nun mal das ideale Bauernopfer, als ehemals Vorbestrafter. Jeder wird dich für den Killer halten, zumal ich dafür gesorgt habe, dass deine Haare bei Hiddler gelandet sind. Nach dem Ergebnis der DNA-Analyse, wärst du eh mit Handschellen abgeholt worden, diese Peinlichkeit erspar ich dir jetzt."

„Warum musste Hiddler sterben?"

„Er hat gelauscht, als ich mit zwei Leuten des Drogensyndikats gesprochen habe. Wenn er seinen Rausch ausgeschlafen hätte, wäre er bestimmt damit zur Polizei gegangen, je nachdem wieviel seine Gehirnzellen behalten hätten. Er musste leider „entsorgt" werden. Alle Zeugen sind jetzt tot, außer dir." Er sah auf die Uhr. „Geh jetzt ins Wasser, Peter. Angezogen! Ich werde später erzählen, dass ich verzweifelt versucht hab, dich zu retten. In fünf Minuten werde ich den Notruf anrufen, da solltest du bereits tot oder verschwunden sein."

„Und dir Schwein, hätte ich sogar noch meine Tochter anvertraut." Was konnte ich noch tun?

„Ich gebe dir noch dreißig Sekunden. Danach komm ich auf dich zu und werd dich mit meinem schönen Messer traktieren, also erspar dir lieber die Qualen."

Ich lief im Zeitlupentempo zum Wasser, am Ufer stand ich schon. Das Nass berührte meine Wanderschuhe. „Sollte meine Leiche jemals gefunden werden, werden sich aber der Arzt und die Polizei sehr wundern Wer geht schon angezogen ins Wasser?" Ich versuchte verzweifelt Zeit zu schinden, vielleicht beobachtete irgendwo ein Fußgänger das Szenario, obwohl wir nicht auf der Seite standen, von der das Spektakel immer fotografiert und bestaunt wurde. Aber vielleicht wurden wir gehört?

„Ich sag einfach, dass du im Drogenrausch fotografieren wolltest und dann im Delirium ins Wasser gefallen bist." Dann trat er einen Schritt auf mich zu und holte etwas mit der Messerhand aus. Die Entfernung zwischen uns beiden, betrug jetzt noch maximal zweieinhalb Meter. Er hielt das lange Messer in Brusthöhe mit der Spitze auf mich gerichtet. „Also, Peter, lass dich doch nicht noch ein weiteres Mal bitten. Du wirst es kaum glauben; aber auch in einen Müsliriegel lässt sich wunderbar LSD reinspritzen, man sollte nur mit der Verpackung aufpassen." Er lachte höhnisch.

Was Paul nicht ahnte: Ich hatte an dem Riegel nur leicht geknabbert, und dann den Rest unbemerkt in meiner Tasche verschwinden lassen. In meinem Körper befand sich nur eine minimale Menge des Rauschgifts. Ich trat einen weiteren Schritt ins Wasser, sodass die Spitze meines Schuhes durchtränkt war. Noch ein Schritt, dann war kein Grund mehr zu sehen und ich würde den Boden unter den Füssen verlieren. Beim Blick in die unergründliche Tiefe, dachte ich an Sophie, meine Tochter. Wie würde sie reagieren, wenn sie von meinem Tod erfahren würde? Wie viele Leichen in den Tiefen dieses Strudels wohl verborgen waren? Würde man später überhaupt damit Zeit vergeuden, in dem Wasser nach mir zu suchen? Mein bisheriges Leben raste in Sekundenschnelle durch meine Gehirnzellen.

Schneller!", knurrte Glaser und holte zum Stich aus, während er weiter auf mich zulief. Anderthalb Meter Abstand zwischen uns.

„Glaser!" Eine Stimme, lauter, als die gewaltigen Wassermassen, die in das Becken peitschten. „Messer fallen lassen!"

Ich drehte meinen Kopf. Zwanzig Meter hinter Glaser, stand ein Mann mit erhobener Pistole und zielte auf ihn.

Es war nicht Gott, aber einen Mann, den ich kannte, den ich erst gestern Nacht gesehen hatte.

Sascha Herkomer, der Sanitäter!

Er steckte aber nicht in seiner Arbeitskluft, sondern in einer stinknormalen Jeans, kariertem Hemd und beigefarbener Jacke. Unter seiner Schulter sah ich einen Holst, in dem – normalerweise – eine Waffe steckte, die er jetzt mit beiden Händen umklammert hielt.

Glaser senkte seine Hand, ließ das Messer aber nicht los.

Herkomer schien vollkommen allein zu sein. Weit und breit war niemand in seiner Nähe, zumindest konnte ich nichts sehen. „Glaser, Waffe weg! Ich muss Ihnen sonst die Hand oder den Arm wegschießen, und Sie können mir glauben, dass mir das überhaupt nichts ausmacht. Und ich kann sehr gut schießen."

Herkomer kam langsam, Schritt für Schritt näher, bis er etwa zwölf Meter vor Glaser stand. Auch für einen mittelmäßigen Schützen dürfte es kein großes Problem darstellen, einen eins neunzig großen Mann zu treffen.

Glaser senkte ganz leicht seinen Arm, hielt das Messer aber nach wie vor in seiner Hand, an der die weißen Knöchel hervortraten. „Was willst du? Wer bist du?", fragte er verwundert den jungen Mann, der höchstens Anfang dreißig war.

„Mark Stichler, Drogendezernat München. Wir haben das Buddhisten-Camp in Immenstadt schon länger im Visier. Ich wurde als verdeckter Ermittler eingeschleust, um euer Treiben zu beobachten. Und heute Abend, werden wir deine „Kollegen" im Hotel Rothenfels auffliegen lassen, nachdem wir sie natürlich eine Stunde lang quatschen lassen, und in einem Nebenraum zuhören. Alles ist wunderbar verwanzt. Das Spiel ist aus für euch. Für dich könnte die Sache noch einigermaßen glimpflich ausgehen, wenn du dich auf den Boden legst. Ich verpasse dir dann ein paar Handschellen, und du kannst dann als Kronzeuge gegen das Syndikat aussagen. Wenn du Glück hast, kommst du mit einer Bewährungsstrafe davon", log er.

Sie belauerten sich gegenseitig, Auge in Auge, Zahn um Zahn. Jeder Muskel ihrer schlanken Körper war angespannt. Zeit für mich, die letzten Kräfte zu sammeln. Kraft sammeln für einen gewaltigen Hechtsprung, da Stichler die Gefährlichkeit von Paul Glaser unterschätzen konnte. Der Mann hatte Bärenkräfte und den schwarzen Gürtel in Karate. Stichler eierte schon viele zu lange rum, ein Manko, das schon vielen Polizisten zum Verhängnis wurde. Jetzt!

Ich hechtete aus dem Stand auf Glaser zu. Mit meinen achtundachtzig Kilo, konnte ich ihn aus dem Gleichgewicht bringen. Er fiel mit mir um, als ich ihn wie ein Känguru ansprang, und gleichzeitig meine Faust gegen seine Schläfe donnerte. Gemeinsam kippten wir nach hinten und rollten an die Uferböschung, zehn Zentimeter vom Wasser entfernt. Der Schlag reichte nicht aus, um ihn auszuschalten, aber Gottseidank ließ er dabei das verdammte Messer los. Glaser war über meinen körperlichen Zustand verwundert, und konnte es nicht verhindern, dass ich als erster wieder aufstand, was mir aber nichts nützte. Er hob das rechte Bein und gab mir einen Tritt gegen meinen Unterleib. Das reichte, damit ich die Balance verlor und rücklings ins Wasser flog, diesmal mit dem ganzen Körper. Platsch! Ich sank sofort und strampelte panikartig mit den Füssen, damit ich schnell wieder an die Oberfläche kam. Ich hatte keine Ahnung, an welcher Stelle des Beckens, die Sogwirkung des Strudels ihre Kraft entfaltete. Ich kam wieder an die Oberfläche und japste schnappartig nach Luft, währenddessen sich Stichler hinter Glaser begeben hatte, und ihm mit seiner Knarre einen Hieb gegen den Hinterkopf zu verpassen. Allerdings war Glaser auf die Aktion gefasst und konnte blitzschnell seinen Kopf zur Seite drehen, sodass ihn Stichler nur an der Backe streifte. Dann schnellte Glasers Arm hoch. Ich wusste, wer von seiner Faust getroffen wurde, hatte ein Riesenproblem. Glaser machte seine Hand nicht zur Faust, sondern schnellte mit seiner Handkante gegen den Kehlkopf von Stichler. Er traf genau. Stichler röchelte, griff mit seinen Händen an den Hals, und ließ dabei die Waffe fallen.

Glaser sah seine Chance. Unmittelbar vor ihm, lagen sein Messer und die Pistole. Er hechtete zu seinem Messer, während ich wieder Land sah und sicheren Boden unter meinen Füßen hatte. Ohne lange zu überlegen, packte ich am Ufer einen faustgroßen Stein und warf ihn in Glasers Richtung.

Treffer! Ich traf ihn am Ohr. Er schrie auf und hielt seine

Hand an die blutende Stelle. Zeit genug für mich, die Waffe aufzuheben und ihm den Griff gegen die Schläfe zu schmettern. Er schrie kurz auf, krümmte sich und fiel um.

Regungslos blieb er liegen, während sich Stichler von seinem Schlag gegen den Kehlkopf einigermaßen erholt hatte. Er griff nach hinten an seine Gürtelschlaufe und zog Handschellen hervor. Während ich mir die nassen Sachen auszog, und überlegte, was ich jetzt anziehen sollte, knickte Stichler die Arme von Glaser auf den Rücken und legte ihm Handschellen an. Erst danach sah er nach, wie schwer Paul Glaser verwundet war.

Während ich nackt meine Outdoor-Jacke anzog, die mir Gott sei Dank bis zu den Oberschenkeln ging, wischte sich Stichler den Schweiß von der Stirn und setzte sich auf den Hintern.

„Geschafft", krächzte er, griff in seine Seitentasche und zog eine Zigarettenschachtel heraus.

28

Natürlich hatte ich das Erlebte dokumentiert. Die wichtigsten Drahtzieher waren gefasst und Paul saß in Untersuchungshaft. Es würde sich zeigen, inwieweit er kompromissbereit gegenüber den Behörden war, aber einige Jahre Gefängnis würde es ihm trotzdem nicht ersparen.

Während des Abtransports von Glaser, der später vom Hubschrauber ins Krankenhaus geflogen wurde, nahm sich die Polizei zur gleichen Zeit das Camp vor, wobei drei Zentner LSD sichergestellt wurden. Das Rauschgift wurde von einem Spürhund, unweit des Camps, in einem unterirdischen Stollen entdeckt.

Der Abend im Hotel Rothenfels, war ebenfalls von Erfolg gekrönt, da die Polizei ein halbes Dutzend Männer festnehmen konnte, die in der ersten Liga des Syndikats „mitspielten". Weitere würden mit Sicherheit noch folgen, denn auch Interpol wurde aufgrund der engen Zusammenarbeit mit den deutschen Behörden, nun in mehreren Ländern aktiv.

Ich saß unweit des Eingangs der Buchhandlung, vor mir auf einem riesigen Tisch, ein Stapel Bücher, bestimmt zwei Meter hoch. Dahinter, daneben und davor, tummelten sich hunderte von Menschen und streckten mir ihre Bücher entgegen. Zum zweiten Mal war es mir gelungen einen Bestseller zu schreiben. Nach meiner Rückkehr aus Oberstaufen, zog ich mich wieder in mein Haus in Isny zurück, schottete mich mehrere Tage von der Außenwelt ab, und verfasste mein Manuskript. Ich gab es eine Woche später zur Korrektur, wartete kurz, und veröffentlichte es noch, bevor die ARD und der ORF, eine sechzigminütige Dokumentation der Ereignisse ausstrahlten. Die Sendungen gaben mir die nötige Aufmerksamkeit, weil ich für den deutschen Beitrag noch fünf Minuten interviewt worden war. Dabei konnte ich wunderbar auf meine Veröffentlichung hinweisen. So war es nicht verwunderlich, dass ich zwei Wochen später, bereits auf dem ersten Platz der Spiegel-Bestseller-Liste stand. Zwei Wochen danach, stand mein mittlerweile übersetztes Werk, auch in weiteren zwölf Ländern an der Spitze der Verkaufscharts. Mein Lebensabend war gesichert, die achtzigtausend Euro Haftentschädigung, geradezu Peanuts dagegen, die ich medienwirksam spenden würde. Während ich gerade signierte, kam jedoch der größte Lichtblick meines Lebens zum Vorschein. Ich hielt kurz inne, denn meine Hand begann zu zittern.

Irritiert sah mich eine junge Frau an, die mir ihr Buch unter die Nase hielt und bat, doch endlich zu signieren.

Nahezu schüchtern, an der Hand meiner Mutter haltend, starrte mich ein zauberhaftes Wesen an. Meine Augen wurden feucht, als ich sah, wessen zarte Hand meine Mutter hielt. Die Hand eines bildhübschen Mädchens, das mich freudestrahlend ansah, die Hand ihrer Oma losließ, und dann mit offenen Armen auf mich zusprang.

Meine Tochter Sophie.

Epilog

Während der Auseinandersetzung zwischen Peter Kelly und Paul Glaser an den Wasserfällen, rückte eine Sondereinheit des LKA mit zwanzig Fahrzeugen, fünfzig Männern und zehn Suchhunden im Gut Hochreute ein. Dabei wurden an drei Stellen im Erdreich, geschickt getarnt, drei Zentner LSD in einem unterirdischen Stollen sichergestellt. Bei der Razzia mehrerer Personen, wurden Rami Forja, sowie drei weitere Männer – darunter einer der Verwaltung – wegen Verdacht des Drogenhandels, in Untersuchungshaft gesteckt. Daniel wurde wegen Falschaussage zu einer Geldstrafe verurteilt. Er recherchierte seit über einem Jahr für den Südwest-Kurier, genauso wie sein toter Freund Michael Götz. Bei ihren Recherchen, die sie auch nach Rotterdam und Amsterdam führten, hatten sie auch Trietje Basten im Focus, die seit 2014 mit der Organisation zusammenarbeitete. Paul Glaser erklärte sich bereit, für mildernde Umstände als Kronzeuge auszusagen. Dadurch konnten weitere Rädelsführer des Drogenhandels in den Niederlanden, England, Italien, Schweiz und den USA, festgenommen werden. Ole Nydahl hatte von den Machenschaften auf Gut Hochreute keine Ahnung. Zumindest konnte ihm nichts nachgewiesen werden, sodass er nach wie vor als Leiter der Buddhisten in Europa fungierte. Ramis Vater konnte eine Mitwisserschaft ebenfalls nicht nachgewiesen werden. Auch er arbeitete weiter bei den Buddhisten, und hat seine Anhängerschaft in Berlin – trotz der Verhaftung seines Sohnes – weiter vergrößert.